한 방울의 내가

현호정
소설집

한
방
울
의
내
가

사□계절

라즈베리 부루

Raspberry BorO

흰 새들이 언 땅에 내려앉는다.

안개가 자욱한 습지대 마을, 드문드문 선 낮은 건물, 그중에서도 가장 낡은 빌라. 일 층으로 올라가는 계단을 천장 삼아 지하에 움푹한 캄캄한 영역은 반쯤 언 쑥과 마늘로 가득했다.

B02호 할머니와 B01호 할머니의 재산이었다. 키우고 거두어 먹거나 팔던 식물이었다. B01호 할머니가 돌아가신 뒤로는 늘지도 줄지도 않고 그대로였으므로 나는 간혹 그 창고를 동굴 삼아 밤을 견뎠다. 비가 내리는 밤, 술취한 남자가 노래하는 밤, 경찰차가 우는 밤이면 슬그머니 숨어들어 쑥과 마늘이 든 자루 사이에 몸을 묻었다. 귀를 기울이지 않아도 벽 너머로 B02호 할머니 코 고는 소리가 들렸다.

하루는 비가 종일 내렸고 술 취한 남자들이 야단을 했고 경찰차가 울먹울먹 뒤를 따랐다. 달이 뜨기 전이었지만 굴로 내려간 것은 나는 더는 없을 만큼 지쳐서였다.

그날 B02호 할머니를 봤다.

커다랗고 많은 자루들을 하나씩 자기 집으로 옮기는 뒷모습이었다. 텅 빈 바닥에 빗자루가 지나가고 헌 이불이 덮였다. 나도 잠자며 소리를 냈을까. 그러나 할머니는 내가 나라는 사실은 모르고 있을 거였다. 어쩌면 할머니는 길 잃은 개나 고양이가 종종 숨어들어 잔다고 생각했을 수 있다. 죽은 B01호 할머니의 영혼이 하얀 새 따위로 변해 찾아와 쉬다 간다고 생각했을 수도 있다. 그렇다면 나는 그런 것들처럼 지내겠다고 생각했다. 이미 그렇게 지내고 있었다. 없는 듯 보여도 결코 없지는 않는 거였다. B01호에는 새로 들어오려는 사람이 아무도 없었고, B02호 할머니와 나는 그렇게 서로 얼굴도 모른 채 벽 하나를 사이에 두고 함께 살았다.

할머니는 무섭지도 않았을까. 나는 할머니가 무섭지 않았다. 할머니는 곰처럼 커다랬고 나는 새처럼 작았지만, 저물녘 옷을 있는 대로 껴입고 웅크려 조는 귀 가까이 툽툽한 신발 소리가 들려도 나는 도망치지 않았다. 발소리가 지나간 뒤면 어김없이 국과 밥 냄새가 났다.

라즈베리 부루

月

　부루에게서는 음식 냄새가 나지 않았다. 부루는 음식
이 아니니 당연한 일이었다. 부루는 식물이었다. 두루마리
휴지만 한 화분에 흙과 함께 담긴 작은 라즈베리 나무였다.

　B01호 할머니가 B02호 할머니에게 남긴 그것은 어
느 날 내 굴 앞에 놓여 있었다. 늘 밥이 놓이던 자리였으
므로 나는 할머니가 이것을 혹시 먹으라고 준 것일까 고
민했지만, 열매가 열리려면 한참은 기다려야 할 것 같았
다. 나는 그것을 굴 안으로 가지고 들어왔다. B02호 할머
니가 내게 준 건 그게 마지막이었다.

　처음에 부루는 아주 통통한 식물이었다. 식물도 통통
할 수 있다는 것을 부루를 통해 배웠는데, 내게 온 뒤로는
자꾸 마르기만 했다. 부루는 마르면서도 자랐다. 그 점이
나와 비슷했기 때문에 나는 부루가 건강한 것인지 건강하
지 않은 것인지 알 수 없었다.

　그러나 세상에는 의심의 여지 없이 건강한 식물도
많았다. 나는 부루가 그런 식물이기를 바랐다. 화분에 핏
물을 주어야 한다는 생각이 불현듯 머리를 스쳤다. 예전
에 아빠가 고기를 요리할 때면 날고기를 담가 피 우린 물
을 화분에 주던 모습이 떠올랐다. 그 모습이 다시 가라앉

기를 기다리면서 나는 고기를 구할 방법을 고민했다. 부루에게 핏물을 주는 일은 좋을 것이다. 그러나 내 상황에 고기를 구하려면 직접 동물을 죽이는 수밖에 없었고 그것은 나쁜 일이었다.

굴 한구석에 쌓아둔 피에 젖은 속옷들은 언뜻 죽은 동물처럼 보이기도 했다. 내가 낳은 죽은 동물들 말이다. 빗물을 모아둔 통에 그것들을 집어넣자 생리혈이 우러나며 부드러운 쇠 냄새를 풍겼다. 묽은 핏물을 부루에게 듬뿍 부어주었다. 아무도 보고 있지 않아서였는지 생각보다 부끄럽지도 이상하지도 않은 기분이었다. 금세 하품이 나왔다. 잠을 자는 건 내가 아는 가장 좋은 일 중 하나였다.

다음 날 아침에 보니 부루의 잎끝이 노랗게 말라가고 있었다. 나는 부루를 발치에 밀쳐놓았다. 저녁에는 피가 더 많이 섞인 물을 다시 듬뿍 주었다. 자기 전에 살펴보니 노랗게 마른 부분이 더 넓어져 있었지만, 내가 줄 수 있는 것 가운데 핏물보다 나은 것은 하나도 없었다.

생리가 끝날 무렵에는 부루의 잎이 온통 축 늘어져 있어 슬펐다. 색깔은 숫제 붉었다. 살짝 쓰다듬자 잎 여러 장이 저항도 없이 떨어졌다.

月

그대로 얼마간 지냈다. 달과 가슴이 다시 부풀 무렵
이었다.

어두운 굴에서 깨어나 앉는데 뭔가 볼에 닿았다. 소
스라치게 놀라 온몸이 움츠러들었다. 그것은 거대한 동물
의 넓적한 혓바닥처럼 내 볼을 천천히 핥아 올리고 다시
핥아 올렸다. 다만 아주 보송보송했으며 침 냄새 대신 풋
풋한 풀 냄새가 났다. 나는 천천히 주머니를 더듬어 라이
터를 찾았다. 불을 켜고 뒤를 돌아보니 그곳에 부루가 있
었다. 아기 얼굴만 한 잎을 펼친 부루가 있었다.

부루라는 이름은 그때 붙여주었다. 큰 다행에 압도된
채였다. 나는 계속 부루의 반짝이는 잎과 오동보동한 줄
기를 어루만졌다. 그것은 따뜻하기까지 했다. 부루야, 나
도 모르게 부루를 불렀다. 부루야, 잠시 뒤 부루는 서툰 움
직임으로 가장 기다란 줄기 하나를 흔들어 보였다.

부루는 계속 자랐고 계속 피를 원했다. 그 파릇파릇
한 요구는 무구하고도 사랑스러워 모른 체하기 어려웠다.
생리가 시작하기 전이라 깨진 유리 조각을 주워다 손가락
에 상처를 내 물에 넣었다가 주었지만, 부루는 그것을 한

방울도 삼키지 못했다. 오히려 구토하듯 흙 표면으로 핏물이 배어나 마른 수건으로 꾹꾹 눌러주어야 했다. 나도 답답했다. 사람이 한 달 내내 생리를 할 수는 없다고 부루에게 설명했더니 부루는 크게 실망한 듯 잎들을 벽 쪽으로 돌리고 며칠간 잠자코 있었다. 그러다 풀 죽은 아이처럼 어느새 깊이 잠들어버렸다.

月

다음 생리를 시작할 무렵에는 공기가 확연히 차가워져 배가 더 아팠다. 웅크린 채로 핏물을 부루에게 부어주었다. 흙이 천천히 젖어들자 부루가 기지개를 켜듯 잎사귀 하나하나를 폈다. 그 모습을 보고 있자니 아픔이나 추위가 조금 잊히는 것도 같았다. 물을 좀 더 부어주자 부루가 온몸을 부르르 떨었다. 내 몸도 짧게 떨렸다. 물통을 또 기울이려는데 무언가 내 손을 건드렸다. 됐어요, 됐어. 부루가 말하며 잎사귀로 내 손등을 두어 번 더 건드렸다. 내가 천천히 손을 뒤집어 손바닥을 가까이 대자 부루가 자기 잎바닥을 그 위에 댔다. 한 번에 많이 먹지는 못하니까, 조금씩 매일이요. 부루는 아주 높은 신분의 어린이처럼 말했다. 의젓한 말씨에 나도 모르게 고개를 끄덕였지만 부루가 잘

보지 못하는 것 같아서 얼른 알겠어요, 대답했다.

하룻밤 새 한 뼘은 더 커져버린 부루에게 눈을 뜨자 마자 핏물을 부어주었더니 부루는 꿈틀거리며 전날보다 크게 움직였다. 그러다 밖으로 나오겠다. 내가 웃으며 말하자 부루는 밖으로? 하고 되물었다. 그러고는 잠시 망설이다 정말 화분 바깥으로 걸어 나왔다.

다족류의 다리처럼 파도치는 실뿌리에서 흙가루가 보슬보슬 떨어져 내렸다. 나는 이불을 걷어 부루가 요 위로 올라오도록 권했다. 아무리 뿌리를 뻗어도 파고들 수 없는 땅이라니, 부루는 내 요에 뿌리를 부비며 재잘거렸다. 그런데 미움받는다고 느껴지지는 않으니 신기하네요. 나는 종알 거리는 부루의 몸에 이불을 둘러주었다.

오, 이렇게 하니까 꼭 온몸이 뿌리가 된 느낌이에요.

그건 좋은 느낌이야?

글쎄…… 자꾸 밑으로만 더욱더 어두운 곳으로만 파고들고 싶은 느낌이니까요.

그다지 좋은 느낌은 아니구나.

정말 그렇게 생각해요?

글쎄…….

우리는 대화 끝에 조용히 웃음을 주고받았다. 부루는 하품까지 했다. 부루가 잠들었다가 다시 잠잠해질까 봐

나는 다급히 물었다. 한 번 피를 마시면 언제까지 말하고 움직일 수 있는 거야? 부루는 편안히 늘어뜨렸던 이파리 중 딱 하나를 들어 올렸다. 나는 최선을 다해 피를 흘리자고 마음먹었다.

月

아침이면 부루는 늘 먼저 일어나 있었다. 부루는 이런 삶이 재미있다고 했다. 이제 나만큼 커다래진 부루에게 더 많은 것들을 보여주고 싶어 마음이 달았다. 그러나 나의 굴은 좁고 비어 있었다. 그래서 나는 부루에게 외출을 제안했다.

하지만 나는 이미 밖으로 나왔는데?

여기를 나가면 또 다른 바깥이 있어.

아하, 여기가 네 화분이구나.

맞아.

너는 무얼 먹으면 바깥으로 나갈 수 있게 돼?

음…… 마음.

마음?

한 번에 많이 먹지는 못하니까, 조금씩 매일.

그건 누가 주는 거야.

．．．．．．.

내가 줄까?

　부루가 계단을 올라 처음 찬란한 햇빛 속으로 걸어
나갔을 때 나도 그 뒤를 따랐다. 여기서 지내기 시작한 뒤
로는 늘 해가 진 뒤에 움직였고, 내 굴에는 빛이 들어올
틈이 없었으므로 오랜만에 받은 볕에 어지러웠다. 부루는
희한한 행복의 소리를 내며 줄기 하나하나를 길게 뻗고
잎을 펼쳤다. 나도 허리를 더 곧추세웠지만 부루는 잠시
동안 실제로 좀 더 자라기까지 했다. 잎과 줄기 사이에 가
려져 있던 작은 몽우리들이 드러났다. 너, 꽃이 피려나 봐.
내가 말했다. 원한다면 계속 바깥에 있어도 돼. 양지바른
땅에 뿌리를 내리고 마음껏 자라는 거야. 내 말에 부루는
말없이 잎 몇 개를 움츠려 몽우리들을 감추었다.
　그러나 부루는 그 뒤로 종종 혼자서 외출했다. 어디
까지 다녀오는지 모르겠지만, 저녁에 돌아온 부루의 몸에
는 이런저런 냄새가 묻어 있었다. 철새의 냄새, 쓰레기 태
우는 냄새, 수초 냄새, 술이나 담배 냄새도 났다. 그중에
는 먹을 만한 것의 냄새도 섞여 있었다. 부루가 내게 먹
을 것을 구해다 준 것이었다. 누군가 먹다 남긴 튀김이나
빵 조각은 차가웠지만 아직 부드러웠고 때때로 아주 깨끗

했다. 내가 밥을 먹으면 부루는 으레 자기 몫으로 핏물 한 컵을 달랬다. 생리 때 모아둔 물이 바닥을 보이고 있었다. 이번 피는 이게 마지막이네, 부루에게 거무튀튀한 핏물이 반쯤 담긴 종이컵을 건네자 부루는 그걸 들고 한동안 아무 말 없었다. 단번에 마시고 잠자리에 든 부루가 이른 새벽 밖으로 걸어 나가는 소리가 들렸다. 부루는 그 뒤로 한동안 돌아오지 않았다.

부루가 돌아오지 않자 생리를 안 했다. 생리를 안 해서 부루가 돌아오지 않는 것인지도 몰랐다. 어쩌면 둘 사이에는 연관이 없을 수도 있었다. 몸이 점점 아파지는 데다 날씨가 이렇게 추워지니까 생리를 건너뛴 거고 부루는 부루대로 떠날 때가 되었던 것인지도. 나는 B02호 할머니 생각을 더 자주 했다. 할머니가 내게 부루를 남기고 어디로 떠나버렸다는 사실이 점점 더 자명해졌다. 그러나 이제 부루도 내게 없었다.

하루는 기다리던 부루가 왔다. 커다란 덩치로 이부자리에 푹 파묻혀 몸을 녹이는 모습을 보고 있자니 가슴속에서 웃음이 멈추지 않았다. 하지만 웃음이 얼굴로까지 올라오지는 않았다. 부루는 내 눈치를 살폈다. 나는 잠자코 밥을 먹었다. 부루는 한동안 그 모습을 지켜보더니 이내 피를 찾았다. 이번 달엔 없어. 내가 우물거렸다. 부루가

라즈베리 부루

놀란 듯이 잠자코 있자 나는 조금씩 화가 나기 시작했다.

내가 너한테 피 주는 사람이냐?

피 준 사람.

그렇지.

그리고 피 줄 사람.

…….

그럼 피 주는 사람 아닌가?

…….

…….

더 이상 안 나오면 어떡할 건데?

더 이상 안 나오면?

주고 싶다고 다 줄 수 있는 줄 알아? 여건이 안 되기도 하는 거야.

부루는 혼란스러운 듯 물었다.

하지만 피 냄새가 나는데?

나는 속옷을 벗어 부루에게 집어 던졌다.

봐라, 봐. 이게 뭐 귀한 거라고 내가 감추겠어?

귀하지도 않은 걸 감추니까 더 치사한 거지.

뭐라고?

내가 다시 작아지기를, 화분 속으로 들어가기를 바라는 거야?

부루는 어깨를 들썩거렸다. 나는 부루가 오해하고 있다고 생각했다. 하지만 얼마 지나지 않아 수긍하게 됐다. 부루가 옳았다. 나는 부루를 더 많이 보고 싶었다.

月

부루는 바깥에서 피를 구하는 데 성공하기도 하고 실패하기도 했다. 쓰레기봉투를 뒤져 생리대나 탐폰을 주워 와 내 굴 여기저기에 쌓아두었다. 고약한 냄새를 맡으며 빵을 씹다 보면 몇 번씩이나 구역질이 났다.

부루가 여기저기 꺾이고 뜯어진 처참한 몰골로 돌아온 그날에도 나는 대야에 탐폰을 담가 핏물을 우리고 있었다. 여느 때와 달리 다급히 돌아온 부루가 이부자리 위로 쓰러졌다. 부루는 소리를 내며 앓았다. 우는 것도 같았다. 사람들이 나를 봤어. 부루가 말했다.

바로 너에게 올 수 없어서 빙 돌아 따돌려야 했어.

왜 바로 올 수 없었는데?

너를 지켜야 하니까. 네가 여기 숨어 사는 걸 어른들이 몰라야 하니까.

어른들은 계속 모를 거야.

저기 괴물이 있다고 사람들은 소리치고, 길가의 나무들은 꺾인 가지를 내게 겨누고, 울면서 몸부림치는 내 머리 위로 새들이 날아갔어.

새들이?

크고 하얀 새들이.

나는 부루의 너덜거리는 잎을 잘라냈다. 부러진 줄기들을 테이프로 조심스레 붙였다. 그러는 동안 부루는 어딘가에 있는 입으로 계속 말했다. 도망치는 동안 계속 꽃이 떨어졌어. 어쩌면 사람들은 그걸 보고 나를 찾아올 거야. 부루는 이제 제법 어른처럼 말했다. 잠깐이면 돼. 내가 당분간 떠나 있을게. 내가 줄기들을 꽉 움켜쥐며 소리를 질렀다. 네가 당분간 밖에 나가지 않으면 되잖아! 우리 여기 같이 있으면 안전하잖아!

부루는 대꾸하지 않았다. 저 멀리서 정말로 묵직한 발소리들이 들려오는 것 같았다. 부루가 벌떡 일어나 바깥으로 달려 나가려 했다. 가지 마! 나는 부루를 끌어안았다. 부루의 뿌리를 붙들어 다시 화분에 쑤셔 넣었다. 부루는 높은 울음소리를 내며 기어 나오더니 아예 화분을 내던져버렸다.

박살 난 조각들 사이로 화분 받침 속 열쇠가 비로소 드러났다. B02호라고 적힌 작은 견출지가 붙어 있었다. 내가 열쇠를 집었다. B02호의 열쇠 구멍에 넣고 돌리니

달각 소리와 함께 현관문이 열렸다.

등 뒤로 문을 잠갔다. 할머니는 없었다. 할머니가 언젠가 나를 위해 굴을 치우느라 집 안으로 옮겨둔 잡동사니들만 거실 한가득이었다. 안방에는 깨끗한 이불이 깔려 있었다. 부루와 나는 누가 먼저랄 것도 없이 하품을 하며 그 위로 쓰러졌다.

꿈에 부루와 나는 두 마리의 흰 새였다. 우리는 정지비행 중이었다. 거센 바람에 맞서 날갯짓하는 우리의 발밑으로 바다가 희게 부서지며 출렁였다. 내가 말했다.

우리는 현재를 벗어날 수 없어. 아무리 날아도 변함없이 여기예요.

우리는 여기 머무르기 위해 날갯짓하고 있는 거야. 우리가 날기를 멈추면 어떻게 되는 줄 아니?

어떻게 되는데요?

떠밀려 간단다. 과거 혹은 까마득한 미래로.

세상이 움직인다는 얘기를 들어본 적 있죠. 우리는 가만히 있는 것처럼 보여도 그게 아니래요. 인간들이 기차를 타고 이곳에 오는 것과 같은 이치예요. 그들은 가만히 앉아 있지만 그들을 실은 기차가 움직이듯이, 우리가 속한 세상도 우리를 싣고 움직이니까.

하지만 기차에 탄 자와 기차에 갇힌 자는 다르지.

무엇이 다른데요?

…….

무엇이 다른데요?

…….

기차가 달리는 동안 내릴 수 없는 건 모두에게 똑같아요.

그러나 역에서 상황은 달라지잖아. 상상해봐. 기차가 천천히 속도를 줄이고 마침내 멈춰서 문이 열리는 순간에 기차에 탄 자들은 내릴 수 있어.

갈 곳이 있어야죠. 그래야 내릴 수 있는 거예요.

정말 그렇게 생각해?

예를 들어 저기 밑에 먹을 만한 물고기가 떠오르면요. 먹을 만하고 잡을 만한 게 떠오르면 나는 그것을 향해 하강하겠지만, 그 점이 없다면 어떻게 용기를 내 차가운 바다에 뛰어들어요?

그러나 우리는 지금 사냥을 위해 정지 비행을 하고 있는 게 아니니까. 우리는 그저 바람에 가로막혀 앞으로 더 갈 수 없는 가련한 새들일 뿐이잖니?

그래서요?

우리는 언제든 날갯짓을 멈출 수 있었어. 언제든 이 바람에 휩쓸려 어디로든 가버릴 자유가 있었다고. 그러나 우리는 그러지 않았지.

……

우리는 여기 갇힌 자가 아니야.

우리가 계속 이렇게 날갯짓을 하기 때문에?

우리가 계속 이렇게 날갯짓을 했기 때문에.

……

수고는 과거에 있어.

그럼 여기엔 무엇이 있죠?

날고 있는 우리.

날고 있는 우리…….

얼마 지나지 않아 부루가 나를 흔들어 깨웠다. 이불을 들춰보니 바닥에 깐 요가 붉은 피로 흠뻑 젖어 있었다. 부루가 그것을 들고 욕실로 갔다. 욕실에는 커다란 고무 대야가 있었다. 찬물을 받아 이불을 담그자 금세 핏물이 한가득 우러났다. 밤에 부루는 나와 함께 자는 대신 욕실에서 홀로 밤을 보냈다. 사이사이 새로 물을 트는 소리가 들렸다.

새벽부터 열이 나기 시작했다. 날이 완전히 밝아 해가 창으로 들어오자 문이 열리는 소리가 났다. 밤새 핏물을 마시고 커다래진 부루가 와그르르 욕실 밖으로 쏟아져 나왔다. 안에서 뻗어 나온 줄기가 집을 다 채울 만큼 무성했다. 내 눈 닿는 곳마다 온통 부루, 세상이 전부 부루였다. 그러나 빼곡한 줄기에 꽂은 한 송이도 남지 않았다. 잎의 색도 다소 탁해진 것 같았다. 부루, 아파? 내가 묻자 부루가 웃었다. 아픈 건 너야. 부루가 나지막이 한숨을 쉬며 내 이마를 짚었다.

月

　며칠이 지나도 생리는 멈출 기미가 안 보였다. 이제는 더 이상 생리라고 부를 수도 없을 것 같았다. 피가 너무 빨겠다. 쉬지 않고 흘렀다. 생식기가 하나의 자상 같았다. 베이고 또 찔린 상처였다. 오늘 병원에 가보자. 부루가 차분히 속삭였다. 무서워요. 내가 고개를 젓자 부루는 다시 나지막이 한숨을 쉬며 현관 쪽으로 난 줄기를 이용해 우리가 굴에서 쓰던 이불을 가져와 내 몸에 둘러주었다. 그 이불마저 피로 다 젖고 말았을 때도 부루는 혼내거나 화내지 않았다. 부루는 이제 말도 별로 하지 않았다. 혼자하는 생각이 많아 보였다. 늘 나를 보살폈다. 땀을 닦아주고 물을 먹여주고 밤이면 가장 넓은 잎사귀들 사이에 넣어 품어주었다. 늘 이렇게 하고 싶었어. 그래서 빨리 자라고 싶었지. 부루가 말했다. 엄마 같다. 내가 말했다. 당연히 농담이었는데 아무도 웃지 않았다.

부루는 더욱 촘촘히 잎과 줄기를 뿜어냈다. 숨을 쉴 때마다 향긋한 냄새가 났고 어디로 돌아눕든 푹신푹신 부드러웠다. 흙이 뿌리를 감싸듯 부루가 나를 완전히 감싸버렸기 때문에 피가 계속 나는지 멈췄는지 알 길이 없었지만, 머릿속이 점점 더 흐려져갔다. 하루는 부루가 나를 깨우며 자꾸 울었다. 눈물은 빗물처럼 내 몸 위로 툭툭 떨어져 부루 안에 고였다. 나는 한동안 부루의 배 속에 그렇게 잠겨 있었다.

月

이윽고 부루[1]는 긴 울음을 그쳤다. 그리고 배 속의 아기가 깊이 잠들 수 있도록 노래를 부르기 시작했다. 자장가에는 가사가 따로 없었으나 그 내용은 이와 같았다.

---

[1] 부루扶婁는 단군왕검의 뒤를 이은 2대 단군으로 전해진다. 부루의 어머니는 강신의 딸이었다고 알려져 있다. 고조선 신화의 영향을 받은 고구려 신화에서 그녀의 이름은 유화로, 아버지인 하백이 그녀의 입을 잡아당겨 새의 부리로 만드는 벌을 준다. 훗날 이 부리를 잘라 말하는 입을 되찾은 그녀는 알을 낳아 새로운 나라의 왕으로 기른다.

라즈베리 부루

부루는 혼자 알 하나를 낳을 것이다

희고 작고 둥근 알을

그 뒤에 다시 작아져

작은 부루에 작은 열매가 맺힐 것이다

햇살이 알을 비출 것이다

희고 작고 둥근 알을

그 뒤에 흰 새 태어나

작은 부루의 작은 열매를 먹을 것이다

붉은 열매는 달콤하고

새의 깃털을 붉게 하리라

새의 부리를 짧게 하리라

멀지 않은 곳에서 다시

발자국 소리 들리고

흰 천을 든 인간들 너머로

열매를 문 채 날아가리라

붉은 새는 푸른 하늘을 빗겨

먼 땅으로 가네

곰과 호랑이가 겨울잠에서 깨어나는 곳

마침내 부루는 시들고
부루는 아무런 슬픔도 느끼지 않네
멀리서 언 땅이 녹는 동안에—

끝

라즈베리 부루

돔발의 매듭

Dombal's ooooooooooooooooooooOO

애초에 금조 청과에서 점원이 할 일은 없었다. 하루에 아는 얼굴 서넛이 다녀갈 뿐인 구멍가게다. 주인장 백씨가 네 자식 살길 만들던 시절이야 살뜰했지만, 인제야 다문다문 좀 쉰다고 사십 넘은 아들들이 손가락 빨 것도 아니고. 냄새 풍기며 집에만 있다고 바가지 긁을 사람은 저부터가 볕 좋은 땅에 백골로 흙 덮고 누워버린 지 오래건만, 그저 습관이라는 게 희한해서. 그러니까 순전히 심심풀이로 백 노인은 매일 새벽 조생귤이며 상추며 땅콩 약간을 들여놓았다. 가지런히 줄 세운 그것들은 백 노인의 간식이자 벗이 됐다.

그러니 자신도 땅콩과 비슷한 역할로 가게에 들어왔을 뿐이라고 돔발은 처음부터 생각했다. 돔발은 땅콩치고는 커서 백과 함께 가게에 들어가 있으면 비좁았다. 하여 둘은 가게 앞에 플라스틱 의자를 가져다 놓고 손님처럼 지냈다. 나란히 앉아 볕을 받으며 땅콩을 까먹는 둘을 지나던 단골들은 보고, 웃고, 돔발의 의자를 빼앗아 앉고, 직접 믹스커피를 타 마시고 좀 더 웃고선 돌아갔다.

참새들이 차양 아래로 날아들었다. 백이 땅콩을 깠다. 아침 일곱 시를 갓 넘긴 시간이었지만 장사 준비는 벌써 마무리였다. 가짓수는 적어도 팔팔한 야채며 과일들이 다복다복 나뉘어 담긴 모습을 무덤덤히 보던 돔발은 자기가 묶어 놓은 청상추 봉지만 얼렁뚱땅이라는 것을 알아차렸다. 슬쩍 백의 눈치를 살폈다. 거의 고압적인 태도를 띤 작은 새들에게 둘러싸인 백은 자그만 손으로 땅콩을 부수느라 여념이 없었다. 돔발도 땅콩을 하나 집어 들었다. 해를 머금어 따뜻한 콩이었다.

양지를 향해 트인 가게 마당에 평안한 빛이 수더분히 들이쳤다. 돔발은 맨발을 뻗고 기다렸다. 지루하다는 생각은 들지 않았다. 다만 어렴풋이 느껴지는 허망함이 있었다. 결정적인 무언가를 뒤에 두고 온 것 같다는 진화의 감각이었다. 이제 돔발은 어둠에 발 딛고 숨 쉴 수 없었다. 이 부드럽고 따뜻한 빛 밖으로 나가는 길을 몰랐다.

백은 라디오를 틀었다. 돔발은 백을 보았다. 백의 전화벨이 울리고 라디오가 꺼졌다. 아이고 그래, 통화 말미에 백이 돔발을 보았다. 이내 돔발에게 손을 내밀었다. 영문은 몰라도 돔발이 제 손을 내주었다. 백의 손이 갓난애 손처럼 부드러웠다.

가서 절하고, 밥 먹고, 좀 앉아 있다가 올 것.

통화를 마친 백은 혼자 가게를 볼 테니 장례식에 다녀와달라는 부탁을 했다. 백이 종종 이런저런 심부름을 시키기는 했어도 부탁을 하는 건 처음이었다. 그래서 돔발은 고개를 끄덕였다. 백도 고개를 끄덕이더니 고맙다는 말 대신 잘 가라는 말과 함께 봉투를 내밀었다. 잘 다녀올게요. 돔발이 고개를 숙였다. 오래전부터 준비해둔 듯 풀죽은 흰빛에 고운 잔주름이 꼭 백의 얼굴 같았다.

*

"누구시지요?"

봉투를 꺼내 바라보는 돔발을 향해 상복을 입은 여자가 다가왔다. '내가 누구지.' 돔발은 생각했다. '여기서 내가 누구지.' 백 노인과의 관계를 설명할 말을 찾으면서 돔발은 고인의 사진과 간단한 정보가 적힌 화면으로 향했다. 아래로 자식이며 손주 이름이 주렁주렁 달린 다른 망자들과 달리, M이라는 이름의 이 사람에게는 가족이 언니 하나뿐이었다. 돔발의 생년월일과 똑같은 M의 생년월일이 마음을 잡아당겼다. 이십여 년 전 오월의 어느 날이었다. 오늘처럼 봄은 한창이었을 터였다. 돔발은 M의 영정에 시선을 고정한 채 모르는 얼굴을 아까워했다. 친구예요, 하는 말이 툭 튀어나와버린 게 그때였다.

"M의 친구라고요?" 여자는 깜짝 놀라 돔발을 향해 손을 내밀었다. 마찬가지로 놀라 있던 돔발이 얼떨결에 그녀의 손을 붙들었다. 백의 손과 달리 거칠고 뜨거워 흠칫 거두어들이려는데 "정말 고마워요" 하며 여자가 놓지 않았다. 돔발의 손이 한동안 온기를 나눠 받은 뒤에야 여자는 돔발을 밥 먹는 곳으로 이끌었다. "아직 이걸 못 드렸어요. 절도 못 했고요." 돔발이 봉투를 살짝 쥐어 소리를 내며 말했다. "친구라면서." 여자가 웃었다. 익숙하게 밥 두 공기와 국 두 그릇이 손에 들렸다. 같이 먹자고 제 몫까지 푸니 그녀를 먹이기 위해서라도 먹어야겠다는 생각으로 돔발이 상을 받았다.

"M한테 친구가 있는지 몰랐어." 일회용 젓가락으로 떡을 집어 먹으며 그녀는 자신이 M의 언니라고 말했다. "얼굴만 보고는 동생이신 줄 알았어요." 돔발이 쌀밥에 숟가락을 꽂으며 말했다. "그런 언니들이 있지." 그녀가 웃으며 대답을 이었다. "철없는 언니."

돔발의 매듭

*

　돔발은 식장에서 오래 머물렀다. 삼일장에 이틀째면 가장 붐벼야 하는데 점심시간이 되어도 문상 온 사람은 돔발 하나였다. 돔발은 옮겨가며 빈자리들을 지켰다. 부의금 함 뒤에 앉아 텅 빈 방명록을 넘겨보기도 했고 주걱을 든 채 솥 앞에 서서 밥내를 맡기도 했다. 양옆 빈소에서 들려오는 염불 소리나 찬송 소리는 백의 라디오에서 나던 소리와 크게 다르지 않았다. 돔발은 우는 여자 곁에 좀 더 머물고 싶었다. 언니는 들을 사람이 아무도 없는데 숨죽여 울었다. M에게 들킬까 두렵다는 듯이.

　언니는 장례식장의 모든 것에 통달한 사람 같았다. 일찌감치 잃은 것이 많아서라고 했다. 일터에서 돌아오지 못한 부모님을 시작으로 할아버지마저 감염병으로 세상을 떠나기까지 어른들의 죽음이 매듭처럼 이어져왔다는 거였다. 언니는 이제 장례식장이라는 장소가 편하기까지 하다고 말했다. "여기서는 무슨 짓을 해도 용서된다는 걸 알았거든." 언니는 말했다. "둘이서 엉엉 울든, 밥을 굶든, 누워서 하염없이 천장만 쳐다보든, 큰 소리로 웃고 노래를 부르든 어른들이 아무 말 안 했단 말이지." 언니는 천장을 쳐다보며 한동안 생각에 잠겼다가 작은 목소리로 말했다. "혼자 있으니 그마저도 하고 싶은 맘이 안 드네."

'내가 여기 있는데 왜 혼자야.' 질문을 두고 망설이던 돔발의 앞에 노란 정장 차림의 남자가 나타났다. 추모관 일을 담당하는 직원이었다. 언니가 몸을 일으켜 그가 내민 태블릿을 건너보았다. M은 수목장을 하기로 되어 있었다. M의 뼛가루와 함께 심겨 자랄 나무와 그 나무의 자리를 골라야 한다는 것이었다. 나무들의 특징과 시설의 구획에 대한 설명이 길어질수록 언니 표정은 굳어져갔다. 사진만 보고 고를 수는 없다는 거였다. 돔발은 실랑이를 주고받는 언니 주변을 맴돌았다. 언니가 너무 외로워 보여서 슬그머니 나무 사진을 함께 들여다보다 한마디 거들기도 했다.

"아까 일 미터 팔십까지 자란다는 게 이 나무였나요?"

"네. 딱 요 종류만 그렇게 크게 커요."

"……요샌 사람도 백팔십이면 그렇게 큰 거 아닌데."

언니는 웃었고 직원은 한숨지었다.

*

언니는 차를 몰고 나무를 보러 다녀오겠다고 했다. "가는 데 한 시간 반, 둘러보는 데 한 시간, 오는 데 한 시

돔발의 매듭

간 반." 언니는 별일 아닌 것처럼 이야기했고 실제로 아주 오래는 아니었다. 장례 중 상주가, 유일한 가족이 빈소를 비우는 상황만 아니라면 문제없을 터였다. '언니가 없으면 어떻게 되는 걸까.' 돔발은 향에서 피어오르는 연기 너머로 사태를 관망하듯 얕게 사유했다. '아마도 빈소를 대신 지킬 누군가를 알겠지. 여기 직원이라든지, 음식을 해주시는 여사님 아니면……' 돔발은 당장 보이는 얼굴을 하나하나 살펴보았지만 언니가 가리킨 얼굴은 뜻밖에도 돔발의 얼굴이었다.

"저요?" 돔발이 묻자 언니는 "친구라면서" 했다. 돔발은 고개를 끄덕였다. "반나절도 안 돼. 내가 정말 금방 갔다 올 테니까. 그러니까, 딱 네 시간만." 언니는 돔발 앞에 손을 모았다. "상주가 좀 돼주라."

"상주요?" 돔발이 물었다. 단순히 빈소를 지키는 일이라면 해볼 수도 아니면 간단히 거절할 수 있을 것 같았다. 하지만 상주는, "하지만 상주는……" 돔발은 언니 팔에 두른 띠를 쳐다보았다. 상喪의 주인. 언니가 울 기미 없어 더욱 슬픈 얼굴로 돔발을 마주 봤다.

"상을 치르는 동안에 고인은 혼자면 안 돼. 옆에 꼭 누군가 있어야 해. 그게 상주의 역할이야. 가장 가까운 곳에서 끝까지 지키는 거."

"왜 지켜야 해요?"

"무서우니까."

"무엇이요?"

"죽는 거. 무섭지 않겠어? 너라면 그러지 않겠어?"

"……."

"처음부터 끝까지 혼자 해낼 수 있겠어?"

돔발은 고개를 끄덕이려다 눈을 감고 조용히 저어주었다. 언니가 안도의 숨을 내쉬며 돔발을 가만 보듬어 안았다. 그제야 돔발은 언니가 말한 무서움을 알 것 같았다. 돔발은 언니의 품에 막 안겼을 때 녹아 사라지던 감정의 뒷맛을 붙들었다. 애초에 언니로부터 옮겨온 것인지도 몰랐다.

돔발은 원래 입고 있던 흰옷 위에 언니의 검은 상복을 입었다. 언니는 상복 안에 입고 있던 운동복 차림 그대로 신을 신었다. 가슴에 상주라 쓰인 패를 달고 서 있자니 기분이 묘했다. M의 영정을 도무지 똑바로 쳐다볼 수가 없었다. 모르는 사람이었다. 한 번도 만나본 적 없는, 이야기를 들어본 적도 없는 모르는 사람. 그 상의 주인이 되어 빈소를 지킨다. 말이나 되는 일인지.

언니는 어차피 다른 객도 오지 않을 터이니 구태여 무언가 설명할 일도 없을 거라고, 그러나 꼭 필요한 경우

돔발의 매듭

자신인 척하라는 말을 남긴 뒤 서둘러 노란 정장의 뒤를 따랐다.

"언니, 핀은?"

"핀? 무슨 핀?"

"하얀 리본 있잖아요. 여자들 꽂는……."

"아, 그거. 그건 입관하고 줄 거야. 이따 두 시."

돌아서는 언니의 뒷모습이 어쩐지 홀가분해 보여서 돔발은 조금 높아진 목소리로 언니를 다시 불러 세웠다. 언니가 텅 빈 눈으로 돔발을 돌아보았다.

"안 봐도 돼요?"

"뭘?"

"마지막 모습."

"아."

언니는 고개를 끄덕였다.

"나는 이미 봤으니까. 그 애 잠든 얼굴은 평생 실컷 봤으니까."

언니는 문밖으로 사라지고 돔발은 보는 일을 생각했다. 곧 M의 시체를 볼 것이다. M을 볼 것이다. 한 번도 본 적 없던 M을 이제 와서 볼 것이다. 이것이 우리의 첫 만남이자 마지막 만남이 될 것이다…….

장례지도사는 열두 시 반에 찾아왔다. 그는 바뀐 상주를 알아차리지 못했다. 혹은 알아차리지 못한 척하는지도 몰랐다. 다만 텅 빈 빈소를 익숙하게 둘러보더니 이런저런 옵션이 빠진 가장 저렴한 제사를 제시했다.

　그때 국화를 닮은 백발 노인이 국화 바구니를 들고 찾아왔다. 장례지도사가 금세 자세를 고쳤다. 백발은 돔발에게 꾸벅 고개를 숙였다. 장례식장은 안녕하지 않은 공간이므로 안녕하세요, 인사하지 않는다는 규칙이 몸에 밴 사람답게 그는 자신을 이 장례식장의 이사라고 소개했다. 백의 친구라는 말도 자연스레 뒤따랐다.

　잠시 침묵을 지키던 그는 대뜸 스물한 개의 매듭을 아냐고 물었다. 장례지도사의 얼굴이 어두워졌다. 돔발은 천천히 고개를 저었다. 이사는 간추려 설명하겠다고 했다. 시신을 관에 넣을 때 베로 감싸 묶는데 전통적으로는 시신 위에 스물한 개의 매듭을 올리지만, 시간이 오래 걸리고 힘도 많이 들어 현재는 대부분 일곱 개만 한다는 것이었다.

　돔발은 어떻게 반응해야 하나 혼란스러웠다. 서비스로 하나만 더 묶어달라고 해야 하나? 화장터 가는 길에 매듭이 하나쯤 풀릴 수도 있으니까? 하지만 백의 당부가 있었던지라 M은 스물한 번 매듭을 지을 것이고, 본인도 그 과정을 거들 것이라는 말이 뒤를 잇자 돔발은 일단 고개를 끄덕였다.

매듭을 몇 개 묶는 게 왜 그렇게나 중요한지 묻고 싶어 움찔거리는 돔발을 향해 백 이사는 "그러면 고인이 더 평안하시다 합니다" 말하며 몰래 한쪽 눈을 감았다 떴다. 이사는 텅 빈 빈소는 염려할 것 없다는 듯 돔발에게 웃어 보인 후 자리를 떴다. 장례지도사도 뒤를 따르자 돔발도 제풀에 그들을 따라 복도를 가로질렀다. 뒤돌아본 장례지도사가 깜짝 놀라 돔발을 멈춰 세웠다.

"듣지 못하셨나요? 상주는 여기서 누구도 배웅하지 않습니다. 돌아가신 분 옆을 지켜야 하니까요." 백 이사도 돔발을 돌아보며 고개를 끄덕였다. 돔발은 큰 잘못을 저지른 사람처럼 뒷걸음질 쳤다. "두 시에 직원이 모시러 올 겁니다."

*

두 시에 온 직원은 아까 누가 올 거라 예고하던 장례지도사 본인이었다. 다만 더 좋은 옷으로 갈아입었고 말투도 미묘하게 달랐다. 돔발은 이 장례식장의 영세함을 이해하려 애쓰는 동시에 자신이 이 순박하고 우스꽝스러운 연극의 주인공이라는 생각에 미소 지었다. 마찬가지로 옷을 갈아입고 나타난 백 이사가 처음 보는 사람처럼 돔발을 바라보다 따라 웃었다.

입관을 볼 사람은 돔발뿐이었으므로 돔발은 백 이사의 등 뒤에서 걸었다. 보폭이 큰 자신이 보폭이 작은 이사의 뒤꿈치를 자꾸만 걷어차 신경 쓰였다. 입관하러 가는 길에는 돌아보면 안 된다는 규칙이 있었는지 이사는 말없이 앞으로만 걸었다. 마침내 지하에 있는 입관실에 다다르자 열린 문으로 수의를 입고 누운 몸이 보였다. M의 몸일 터였다. 돔발의 시선이 M의 얼굴에 멈추며 돔발의 걸음도 멈췄다. 이사가 돔발을 슬그머니 안으로 끌어당기고는 문을 닫았다.

입관은 고인의 얼굴을 확인하는 것으로 시작했다. 상주는 시신의 얼굴을 보고 이 사람이 그 사람이 맞다고 답해야 했다. "이분이 동생 맞으세요?" 백 이사가 물었다. M의 죽은 얼굴을 보던 돔발은 대답을 잊고 입술을 파르르 떨었다. 무언가 잘못되었다는 감각이 일었다.

M은 여전히 괴로워 보였다. 애초에 잔잔한 미소를 기대한 것도 아니었다. M의 사연을 알지는 못하지만, 스스로 죽음을 선택했으리라는 것 정도는 짐작했으니까. 그렇다고 M이 인상을 찌푸리고 있는 것은 아니었다. 시신

에 수의를 입히는 이들이 망자의 얼굴을 평안해 보이도록 가다듬는다는 말도 들어본 적 있었다. 그러나 M은 충분히 평안해 보이지 않았고, 어째서인지 돔발은 그것을 목에 박힌 가시처럼 확실히 느낄 수 있었다. 잘 감기지 않은 눈의 틈으로 탁한 흰자의 끝이 보였다. 속눈썹에는 젖었던 흔적이 남아 있었다. 언니는 분명, M은 편안하게 갔다고 했었다.

"이분이 맞으세요?" 돔발은 겨우 정신을 차리고 고개를 끄덕였다. 그러자 장례지도사가 "확실히 대답하셔야 해요" 다그쳤고, 돔발은 그 무례함을 되받아치려 "맞아요!" 소리쳤다. 백 이사가 공손히 고개를 숙이며 시작을 알렸다.

수의는 입혀져 있었다. 아까 이사가 말했던 매듭 짓기, 그들의 표현에 따르면 스물한 매를 치는 것만 지켜보면 되는 거였다. 돔발은 너무 멀지도 너무 가깝지도 않은 자리에 서서 그들이 M의 시신을 싸매는 것을 바라보았다. 늙은 쪽이 주도하고 젊은 쪽이 거들었다. 늙은 쪽이 길쭉한 흰 포를 시신의 밑에 밀어 넣고 위에서 매듭을 지을 때 젊은 쪽이 힘을 주어 시신의 양옆을 조였다. 그러면 시신은 보기 괴로울 만큼 움츠러들었다. 죽은 나비를 다시 애벌레로 만들기 위해 모두 최선을 다하고 있었다.

묶는 사람도 묶이는 사람도 고통스러워 보여, 보는 사람 또한 고통스러웠으므로 돔발은 유리에 반투명하게 비치는 자기를 봤다. 마침내 시신의 중앙에 매듭이 한 줄로 다 늘어서자 두 남자는 가져온 음료의 뚜껑을 열었다. 산 사람들 목구멍에 물 넘어가는 소리가 눈물 나게 시원했다. 초점을 되찾은 돔발의 눈이 자연스레 시신 위에 늘어선 매듭을 셌다. 처음부터 끝까지 다 해서 열아홉 개였다. '열아홉 개?' 돔발은 당연히 곧바로 다시 세기 시작했다. 그러나 이번에는 열여덟 개였다. 정신이 번쩍 난 돔발이 다시 손가락까지 꼽아가며 매듭을 셌다. 열아홉 개였다. 두 번, 세 번, 네 번 더 세어보아도 똑같이 숫자가 십구에서 끝나자 돔발의 등에서 식은땀이 흐르기 시작했다.

돔발은 확실히 작은 일에 연연하는 사람은 아니었다. 그런 사람들과 태생부터 갈래가 다르다고 말할 수 있을 만큼 털털하냐면 아니었지만, 필요에 따라 적당히 시선을 피할 줄 알았고 사소한 오차를 넘길 줄 알았다. 그러나 지금 이 상황을 그저 넘어가기란 불가능했다. 언니의 얼굴이 떠올랐다. 영정 사진 속 M의 얼굴이 떠올랐다. 수의를 입고 누워 있던 M의 얼굴이 떠올랐다. M은 베로 꽁꽁 묶이기 전부터 아주 많이 답답해 보였다.

두 남자가 가져온 음료를 다 비웠다. 돔발은 눈을 한

번 비비고 부릅뜬 뒤 자신이 개수 하나 제대로 못 세는 얼 간이였기를 간절히 바라며 다시 매듭을 세기 시작했다.

분명 열아홉 개였다. 돔발은 채 굽히지 못한 새끼손 가락 하나를 편 채 약속을 거부당한 이처럼 몸을 떨었다. 돔발은 어쩌면 명주에 덮인 M의 눈이 이제는 뜨여 있을 지도 모른다고 생각했다. 애초에 제대로 감기지도 않았던 눈, 뭉쳐 있던 속눈썹과 물러 있던 눈두덩이가 생각났다. '이럴 바엔 그냥 일곱 개 묶지.' 돔발은 생각했다. 차라리 매듭이 스물세 개나 네 개였으면 이렇게까지 불안하지는 않았을 것 같았다. 저 둘이 어리석어 헛수고를 했더라면 좋았을 거다.

과유불급이라지만 이 장례에는 도무지 과한 것은커 녕 충분한 것 하나 없어 보였다. 슬픔도 없고 위로도 없 다. 기도도 없고 노래도 없다. 꽃도, 초도, 과일도 그 전부 를 포함한 옵션도 없어 텅 비어 보이기까지 한 장례였다. M이 실컷 가질 만한 것은 아무래도 매듭뿐인 것 같았다. 그것마저 갖지 못하는 건 말도 안 됐다. 텅 빈 M, 그런 M 을 보듬어 안은 언니가 울음을 터뜨리는 소리가 웅웅거렸 다. 돔발의 눈에도 차차 눈물이 고였다.

눈앞을 찰랑이는 눈물을 큰물 삼아 징검다리를 건너 는 M의 모습이 보이기 시작한 것은 바로 그때였다. 얼음처럼 푸른 물이었다. 그 위로 징검다리가, 둥글게 고가 지어져 시신 위에 일정한 간격으로 올라앉은 매듭들의 모양과 배열 그대로 솟아 있었다. 조금이라도 발을 잘못 디디면 물살에 휩쓸려 가라앉을 길을 M이 가고 있었다. 길의 저 끝에는 해 드는 땅이, 이쪽 끝에는 돔발이 있다.

'징검다리가 두 개 모자란데.' 돔발은 M을 바라보며 가슴 졸였다. '무사히 건너가지 못하면 어떡하지.' 예상대로 M은 열아홉 번째 돌 위에 쪼그리고 앉아버렸다. 우는지도 몰랐다. 우는 M의 얼굴에 죽은 M의 얼굴이 자꾸만 겹쳐졌다. 분명 눈을 잘 감았다고, 언니가 본 모습은 그랬다고 했는데 무엇이 안타까워 다시 떠버린 걸까. 그리고 그걸 왜 저들은 또 내버려두었을까. 눈도 제대로 못 감은 마당에 징검다리가 모자라니 따뜻한 땅에 제대로 갈 수 있을 리 없었다. 돔발은 떨리는 손으로 이마를 짚었다. 애초에 시신을 왜 저렇게 꽉 묶는 걸까. 죽은 게 죄도 아닌데.

남자들이 손짓하고 돔발이 다가갔다. 백 이사는 붓처럼 두꺼운 펜을 내밀었다. 돔발이 그것을 엉겁결에 받아 들자 M의 몸이 관으로 옮겨졌다. "관의 앞뒤로 고인의 이름을 쓰십시오." 이사가 말했다. 돔발은 머뭇거렸다. 이사가 펜 뚜껑을 열어주고 이름 쓸 자리를 짚어주었다. 돔발이 천천히 펜을 관머리에 가져다 댔다. 다음은 시신의 발이 있는 쪽이었다. 이름을 적고 난 돔발이 잠시 휘청이는 동안 두 남자가 능숙하게 시신 위에 관보를 덮고 관 뚜껑을 잡았다. 뚜껑을 덮으면 영영 끝이었다. 돌이킬 수 없었다.

"잠깐만요!" 돔발의 입에서 천둥 같은 소리가 터져 나왔다. 모두 놀랐지만 돔발이 가장 놀랐다. "왜 그러시지요?" 이사가 침착한 미소를 지으며 물었다. 돔발이 입을 열자 눈물이 얼굴을 씻듯 와르륵 쏟아져 내렸다. "매듭이요……." 돔발이 울며 말을 꺼냈다. "예, 상주님. 매듭이요?" 이사가 되물었다.

"매듭이…… 매듭이…… 열아홉 개예요. 스물한 개가 아니라, 열아홉 개. 총 이십일 매가 아니라 십구 매예요. 하나 둘 셋 넷 다섯 여섯 일곱 여덟 아홉 열 열하나 열둘 열셋 열넷 열다섯 열여섯 열일곱 열여덟 열아홉. 보세요, 두 개 더 묶어주셔야 돼요. 그래야 평안하다고 그러셨잖아요."

'잘했어. 잘 말한 거야.' 돔발이 손바닥에 얼굴을 묻고 생각했다. '이제 저 사람들이 모자란 매듭을 더 묶어줄 거야.' 그러나 뜻밖에 백 이사는 웃기만 했다. "매듭 고를 다 세어보셨군요." 돔발은 앞을 쳐다보았다. 힘이 들었는지 부루퉁하던 장례지도사도 천사 같은 웃음을 머금고 있었다.

"시신의 정중앙에 늘어선 고는 원래 열아홉 개 맞습니다. 맨 첫 두 매는 머리와 목을 지나기에 고를 만들지 않고 여미기만 해서요. 스물한 매를 친다 할 때의 '매'라는 게 사실상 매듭의 매가 아니라, 매듭 묶을 때 쓰는 명주 띠를 세는 단위입니다."

'그랬구나……' 돔발의 눈에 고여 있던 눈물이 말랐다. M이 선 강물의 수위도 따라 낮아지며 나지막이 숨었던 징검다리 두 개가 모습을 드러냈다.

~~0~0~0~0~0~0~0~0~0~0~0~0~0~0~0~0~0~0~0~0~0~o~o~~

물이 높아 보이지 않았을 뿐 튼튼하고 반듯한 돌이었다. 열아홉 번째 돌 위에서 어쩔 줄 모르던 M이 그것들을 발견하고 일어섰다. M이 두 돌을 차례로 밟고 해 드는 땅에 도달한다. 돔발이 M을 소리쳐 불렀다. 그러자 M이 뒤를 돌아보았다. 돔발이 손을 흔들자 눈을 꼭 감은 M도 손을 흔들었다. "너는 나무가 될 거야. 그렇지?" 돔발이 물었다. 그러자 M은 고개를 저었다. 돔발은 나무를 보러 간 언니 생각을 했고, 그래서 조금 놀랐지만 더 이상 슬프지는 않았다.

M의 관이 들리는 소리가 났다. 돔발이 또 관의 뒤를

돔발의 매듭

따르자 이사가 돔발을 붙잡았다. "고생이 많으셨을 텐데 언니 오시기 전에 잠시 눈이라도 붙이시죠." 그가 내민 흰 리본 핀을 받아 들고 돔발은 천천히 빈소로 가는 계단을 올랐다. 뒤를 돌아보자 입관실 문을 빠져나가는 M의 관이 보였다. 거기 돔발의 글씨로 크게 적힌 M의 이름을 돔발은 눈으로 좇았다. '잘 가.' 돔발은 리본을 머리에 꽂으며 인사를 건넸다. '잘 다녀올게' 하는 대답이 들려오는 것도 같았다. 돔발은 텅 빈 빈소로 올라와 상주 자리에 누웠다. 눈을 꼭 감자 더없이 평안했다.

끝

~~물결치는~몸~떠다니는~혼~~

~~Oo~~

"세상은 끝장날 힘마저 잃었음을 부정했어요. 기이한 생존을 계속하면서 다가올 멸망 쭉 두려워했죠. 연거푸 구원을 기도해도요, 이미 거기 없었어요. 신도. 신의 선의도. 그림자 떠난 곳에 빛이 남아 있을 리 없지 않아요? 이 또한 지나가리라……. 당신이 외던 말처럼 끝 또한 그랬습니다. 하다못해 인류는 끝도 놓쳤고, 하고많던 생물에 미생물 무생물 차례차례 차차 잃고 이어지던 인류세는 느른히 늘어져 멈출 줄 몰랐고, 마침내는 살아남아 기쁘단 사람 단 한 사람도 없었답니다. 제가 알기론 그랬습니다.

폐허에 세워진 생존 캠프가 끝의 세계에서 버섯처럼 늘어났대요. 물방울처럼 합쳐져 커지는 경우도 드물지는 않았습니다. 한 오백 명 살자는데 기틀 갖출 무렵이면 재난이 또 오더라고요. 손쓸 도리 아예 없는 엄청 큰 자연재해. 이제 자연이랄 게 남아 있질 않는데 어떻게 자연재해가 일어나냐고 아이들은 물었고, 어른들은 모른다는 말할 줄 몰라 울었고, 다 막 죽기 시작하는데 아이들은 원래 잘 안 죽잖아요. 어른들이 죽이지 않는 한은요. 무릎 털고 살아남아 자기 물음의 답을 스스로 지었답니다. 풀이 과정을 서로서로 바꿔보고 베껴가며 다음 세대로 자라났고요. 이런 일들이 몇 차례 더 이어졌답니다. 아무도 기록하지 않아 역사는 되지 않았으나 기억하는 사람들은 말을 했으니.

저도 들은 말이라 자세히는 모르지만, 그때는 그래도 마른땅이 남아 있던 시절. 바다에 안 잠긴 굳은 땅 심지어 적적했었다고요. 거기서 걷고 기고 뒹굴고 달리고 다들 종일 좋았다고요. 헤엄은 아마 치고 싶을 때 쳤겠죠. 도망치기 위해, 밥 먹기 위해, 살기 위해 매사 온몸으로 물 맞을 필요 없었을 겁니다.

그 땅들마저 가라앉으며 지구가 마침내 바다 행성이 된 순간. 그날의 기분을 대개의 인간은 '허망했다'고 표했답니다. 가족들 친구들 다 수장된 바다 위에 머리만 동동 뜬 채 살아난 기분? 헛되고 어이없고 기가 막혀…… 떨떠름 언짢은 뭐 그런 뉘앙스. 그냥 거기까지의 고통. 왜냐하면 또 통곡하고 절규, 몸부림 돌입하기에 생존자들 일단 배고팠고요. 다친 데가 굉장히 아프기도 했고요. 무엇보다도 여기까지 이어진 질긴 목숨이 영 낯설어서. 이상해서. 징그러워서. 이게 내 것 같지 않아서 그걸 가졌단 수

치심도 내 것 같지 않아서, 도무지 내가 내 몸이 내 마음이 어느 것 하나 내 것 같지 않아서 믿어지지 않아서, 그 모든 일을 겪은 뒤 여전히 여기 있다는 게 내가 여전히 여기 있다는 게, 내가 이렇게 외롭게 이렇게 아프게 슬프게 배고프게 내가 계속 여기 있다는 게 그러니까 여기 이렇게 있는 게 다름 아닌 나라는 게……."

~

"……물 좀 더 드릴까요?"

손바닥에 얼굴을 묻고 울기 시작한 부랑자에게 K는 조심스럽게 말을 건넸다. 떠돌이나 거지 비슷한 말로 상대를 규정하고 싶지 않았지만, 그가 그것을 원해 그렇게 부른 지 몇 계절째였다. 부랑자는 천한 말이 아니라고 그는 말했다. 둥실둥실 떠다닌다는 뜻의 '부浮'에 물결친다는 '랑浪'이라 해파리 같은 거라고, 해파리가 천하냐고 따지듯 물었다.

"아뇨, 천한 건 저죠."

그날은 가뜩이나 혼자 일하는 K가 밥도 못 먹고 쉴새 없이 커피를 만들어야 했던 날이라, 저도 모르게 말을 툭 던져놓고 K는 아차 싶어 손님 눈치를 살폈다. 그 눈이

K의 눈치를 살피던 주름진 눈과 딱 마주쳤다. 둘은 한바탕 웃어버렸고 그 뒤로 부랑자는 매일 K를 보러 왔다.

그는 자리에 앉아 빨간색 모나미 볼펜으로 성경을 교열했다. 맞춤법보다는 율법 자체를 바로잡는 게 목표인 것 같았다. 틀렸다고 판단되는 부분이 상당히 많은지 매 페이지가 불긋불긋했다. 따뜻한 아메리카노 한 잔을 시켜 놓고 덥수룩한 머리를 귀 뒤에 꽂은 채 신중하게 선을 긋는 그를 보면 누구든 밑줄을 긋고 있다고 여겼지만, K만은 진실을 알고 있었다. 한없이 이어지는 그 선들은 정확히 글자들의 가운데를 가르는 취소선이었다.

책장이 넘어가는 동안 커피가 줄어들면 그는 그만큼을 다시 따뜻한 물로 채워줄 것을 몇 번이고 요청했다. 점점 연해지는 커피도 신경이 쓰였지만, 좁은 매장을 채우는 그의 존재감에 비하면 아무것도 아니었다. K가 일하는 카페는 테이크아웃 전문점이었는데 손님이 잠시 앉아 기다릴 수 있도록 작은 테이블과 의자 하나씩을 마련해 두었다. 그러나 실제로 거기 앉아 시간을 보내는 사람은 거의 없었는데, 공간이 워낙 좁다 보니 고개를 들면 K와 바로 마주 보는 모양이 되어 불편하기 때문이었다. 하지만 부랑자는 거기 앉아 몇 시간이고 시간을 보낼 줄 알았다. 어느 날은 벽조목 조각을 얻어 와 도장을 파더니 어느 날은 제도 샤프로 까마귀를 그렸고 성경 대신 칼 세이건의 『코스모스』를 읽기도 했다. 까마귀를 그릴 때 그는 늘 홍시처럼 보이는 열매를 한가득 그려 그림 속 까마귀가 먹게 했다. 씨나 잎 같은 세심한 표현이 귀찮아지면 그냥 조그만 뻥튀기 같은 것을 동글동글 그려두기도 했는데, K에게 들키면 멋쩍어했다.

휘핑크림을 만들던 K에게 자신이 종종 지구에 빙의되곤 한다는 이야기를 꺼내던 그날에도 부랑자는 까마귀를 그리고 있었다.

"네? 뭐에 빙의한다고요?"

휘핑기가 시끄럽게 돌아가는 소리에 K가 목소리를 높였다. 왜— 왜— 왜— 하는 기계 소음에 지. 지. 지. 하는 낭인의 목소리가 섞여들었다. 그도 K도 덴탈마스크를 쓰고 있던 터라 더욱 답답했다. 마침내 타이머의 종료음이 울리자 K는 휘핑기의 콘센트를 뽑고 마스크를 내리며 돌아섰다. 다시 묻기도 전에 부랑자의 대답이 천둥처럼 울려 퍼졌다. K처럼 마스크를 잡아당겨 드러낸 검고 커다란 입이 한껏 늘어났다가 쪼그라들며 분명 이렇게 말하고 있었다.

"지구!"

~

　"수면 위에서 숨 쉬고 수면 아래서 일했습니다. 하여 그 시절 인류의 터전은 좁았습니다. 얼마나 멀리까지 헤엄칠 수 있느냐, 그건 별로 장점이 못 됐습니다. 살아남은 인간 대부분이 마천루나 산이 있던 고지대에 터를 잡았거든요. 그 주위를 헤엄치다 한 번씩 건물 옥상이나 산봉우리를 박차고 올라가 숨 쉬고 내려왔는데 그 주기가 점차 길어지더랍니다. 일찌감치 진행된 수온 상승으로 36도 안팎의 체온 유지도 그리 어렵지 않았으니, 이천 년대 앞뒤를 미리미리 불태워주신 조상님께 감사한 마음, 이 밑천 씨암양 니녕 좋다고 뒤발하듯 시나브로 충만했고요. 다만 태평성대 되기에 문제가 아예 없진 않았습니다.

　'무얼 먹고 살아야 하나.'

　그 오래된 질문의 현대적 해답을 다시 찾아야 했으니까요. 그것도 지금 당장이요.

　남아 있던 모든 땅들 가라앉는 데 고작 하루. 인간들이 챙긴 음식 있었게요 없었게요? 있었는데 대부분이 물에 녹아 사라졌고 사라지지 않았어도 먹을 수가 없게 됐죠. 사실상 배 속에 넣어 오는 편이 생존에 더 힘 됐을 텐데, 또 막 범람하고 붕괴하고 그 와중에 뭐가 입에 들어갔

을까, 퍽이나요. 퍽이나 떡이나 들어가 넘어간들 허우적
거릴 때 도로 다 나왔을 테고. 짧게 말해 먹을 것 없었다
이겁니다. 몸 안에도, 몸 밖에도.

앞서 말했다시피 살아 있던 모든 것 멸종한 뒤라, 물
리적으로 싹 거둬간 자리 숫제 체로 쳐서 훑어간 데를 방
류된 화학물질이 거꾸로 한 번 더 태운 보람 쏠쏠하여서,
여지 아주 없었고 많았어도 그래. 사람이 물속에서 맨눈
으로 끔벅끔벅, 대단히 뭐 뵈는 게 있었겠습니까. 게다가
그 물이 맑았을 리도 만무하죠. 기원후부터 이천오백 년
넘게 쌓인 쓰레기들이 이제 뭐 국적도 없겠다 가격표 떼
고 골고루 흩어져 조각나 부서져 순환하다가 엉겨 붙고
녹아들고 빛 반사하면서, 바다 전체를 로맨틱한 분위기의
배스밤이 녹아든 밸런타인 욕조처럼 미끌미끌하고 반짝
반짝하게 무엇보다 새카맣게 만들었으니까요. 우리는 당
신이 생각하는 바다가 아니라 그것 안에 잠겨 살았다는
사실을 유념해주기를. 둔해지는 감각도 시각만은 아니었
겠죠. 그러니 혹등고래 한 마리가 물갈퀴 단 쇼핑 카트를
밀면서, 지나가면서, 손마다 간생선 덥석덥석 쥐여줬대도
대관절 알았을까요? '해피! 해피! 해피! 태평양' 하는 식
의 홍보 노래가 울려 퍼졌대도 당시 인간들 대부분 몰랐
을 거예요. 참 더러운 바다. 더러운 바다였습니다.

배가 고팠다는 이야기를 하고 있었습니다. 한계는 금방 찾아왔습니다. 의지가 없어서 그랬나 봐요. 살고 싶어야 뭐라도 하는데 그런 마음 가진 이가 하나도 없으니 다들 말은 안 해도 담담히 눈인사 주고받았죠. 잘 가시라. 고생하셨다. 다음 생에는 이런 데서, 이렇게는, 아니 그냥 다시는 보지 말아요, 우리. 그러다 누군가 물에 잠긴 그대로 야훼에게 기도하기 시작했습니다. 입에서 거품이 뿜어져 나오는 버글버글 소리에 여. 아. 오. 이. 하는 새된 음성이 군데군데 조그맣게 섞여들었습니다. 세계가 바로 이곳에 도달하도록 행로를 정한 서구 자본주의의 일등 가부장이 누구인지 혹시 아냐고 그 사람에게 아무도 안 물었습니다. 어느 하나 비웃지도 않았습니다. 몇몇은 몰래 따라 기도하기까지 했는데 그들의 입에서도 거품이 나와서 알 수 있었습니다. 그래도 또 아무도 비웃지 않았습니다. 잘게 찢은 솜 같은 게 흰나비 떼처럼 날아든 게 그때였습니다.

"만나다!" 기도하던 이가 외치더니 덩어리 하나를 먹었습니다. "뭘 먹기도 전에 맛나대." 누군가 삐죽이는 동안 그는 또 하나를 삼켰습니다. 그리고 또 하나, 또 하나를요. 처음 하나를 먹을 때만 해도 바람에 밀려 요동하는 바다 물결처럼 의심으로 흔들리던 눈빛이 점차 믿음의 광채로 곧아졌습니다. 정말 맛있어 보였답니다. 다른 사람들도 하나씩 입에 넣으니 매우 부드럽고 기름져 허기가 금세 달래졌답니다. 물에서 꺼내면 녹아 사라지는 그것은 짠 바닷물과 함께만 먹게 되므로 정말 성경 속 만나처럼 꿀맛이 나는지는 알 수 없었지만, 그걸 먹고 계속은 살았답니다. 때때로 바다에 내리는 눈. 남아돌게 쏟아지지도 않지만 부족하지도 않던 흰 물질의 정체가 실은 모든 땅이 바다에 잠긴 그날 죽은 이들의 몸이 분해된 유기물 뭉치라는 사실은 얼마 뒤에 알게 되었다고요.”

~

부랑자는 정말 다른 사람의 영혼이 씐 것처럼 생생한 목소리로 처음 듣는 이야기를 쏟아냈다. 하지만 다른 사람의 영혼이 씐 것 같다는 바로 그 점이 문제였다.

“지구에 빙의된다고 하시지 않았어요?”

K가 물었다.

“지금 사람의 관점에서 겪은 일을 말하고 계시는 것 같아서요.”

땀을 닦으며 얼음물로 입술을 축이던 부랑자가 화를 내려다 그냥 웃어버렸다.

“왜, 어른들 말 있지? 한국말은 끝까지 들어야 된다

고."

"있죠."

"그래. 그럼 그냥 있어."

탁, 컵을 내려놓은 부랑자는 손까지 흔들며 가게를 나섰다.

"있을게요."

부랑자가 있던 자리에 막 빛이 들고 있었다.

~

"새로 태어난 아이들은 우아했습니다. 거품은 없고 기품은 있는 움직임! 도무지 다급할 줄 몰랐습니다. 아껴 쉬어도 십 분에 한 번, 모든 것을 뒤로하고 허겁지겁 수면 위로 올라와 헉헉대야 했던 바다 1세대와 달리, 긴 숨을 타고난 바다 2세대 아이들은 한 시간 넘게 헤엄치고도 서로 먼저 쉬고 내려오라 양보하곤 했습니다. 격렬한 활동 없이는 서너 시간도 거뜬히 잠수할 수 있었고, 무엇보다 잠을 오래 잘 수 있었습니다. 여덟 시간째 깊은 물에서 고요히 흔들리는 어린이들을 막 늙기 시작한 부모들이 숨 쉬러 가는 길마다 쓰다듬었습니다. 부러움과 두려움이 뒤섞인 눈이었습니다. 두려움이 압도적으로 깊었습니

~~물결치는~몸~떠다니는~혼~~

다. 아기들의 생김새가 두려움 쪽에 힘을 보탰습니다. 그들은 지금까지의 인간과는 다른 몸을 가지고 있었습니다. 아니, 그들의 몸 자체는 지금까지의 인간들과 똑같았습니다. 그러나 그들은 거기 연결된 다른 몸을 하나 더 가지고 있었습니다. 단순하게 말하자면 아기들은 자신을 닮은 더 작은 아기를 매단 채 태어났습니다.

매달린 위치는 제각각이었습니다. 손가락 끝, 정수리 위, 척추를 타고, 갈비뼈 사이를 비집고, 한쪽 엉덩이에 파묻히거나 코에 매달린 분신들은 그 형태마저 완전한 인간의 꼴이 아니었습니다. 하반신만 있는 경우, 머리카락과 성기만 있는 경우, 작은 손가락들을 갖춘 한쪽 팔이나 한쪽 종아리에 그치는 경우……. 그러나 불완전한 몸이라고 말하기 어려울 만큼 그들은 그들 나름대로 온전히 거기 있었습니다. 그걸 그냥 누구나 알 수 있었습니다.

그것들이 본체에 속한 신체 기관이 아니라는 건 날이 갈수록 점점 더 확실해졌습니다. 피부의 색과 자라는 모양이 달랐고, 본체의 의지와 상관없이 움직이기도 했으며, 그것을 때리거나 꼬집어도 본체는 아픔을 느끼지 않았습니다. 얼굴이 포함된 분신은 더욱 명확히 타인으로 느껴졌습니다. 그들은 다른 자아로 상대를 대했습니다. 말을 할 수 있는 분신은 없었지만, 그 얼굴들은 본체의 가슴이나 등에 매달린 채 독자적으로 눈을 깜박이거나 하품을 하거나 울먹거렸고, 얼러주면 빙긋, 지금껏 지구에 한 번도 존재한 적 없던 미소를 지어주기도 했습니다."

~

'기생 쌍둥이', 이른바 'parasitic twin'이라 불리는 이 현상은 말 그대로 쌍둥이 한쪽이 다른 한쪽에 '기생'할 수밖에 없는 불완전한 신체로 결합한 경우를 말했다. '비대칭성 결합 쌍태아'라고도 불렸는데 외부로 드러난 두 사람의 몸 중 한쪽이 다른 한쪽에 비해 작고 불완전해 대등하게 여길 수 없다는 게 이유였다. 이 현상은 쌍둥이 배아가 자궁 안에서 완전히 분리되지 못한 채로 한쪽이 다른 한쪽보다 우세해지며 발생하기도 했지만, '봉입 기형 태아'의 한 유형인 경우가 더 많았다. 봉입 기형 태아 또한 'fetus-in-fetu'라는 용어 그대로 '태아 속 태아'를 의미했다. 태반을 공유하는 쌍태아 중 한쪽이 다른 쪽에 흡수되다 그의 몸에 남는 것이었다. 막 출산된 아기의 배 속이나 두개골 속에서 더 조그만 아기가 나왔다는 기사는 한 번씩 세계면에 올랐지만, 사례가 워낙 드물어서인지 사람들의 관심이 크게 모이지 않았다.

K는 방금 유리문을 밀고 나간 부랑자 노인이 이야기하던 현상이 바로 그것이라는 사실에 놀랐다. 그가 이에 관해 알고 이야기한 것인지, 정말 자신에게 씐 영혼이 보았다고 여기는 무언가를 그대로 묘사한 것뿐인지 알 수 없었다. K가 이 현상에 관해 알고 있다는 사실 또한 알고 있었는지, 그렇다면 그 이유도 알고 있는지 혼란스러웠다.

기생 쌍둥이 중에 상대적으로 더 크고 정상적인 몸을 가진 아기가 '자생체'로, 더 작고 비정상적인 몸을 가진 아기가 '기생체'로 불렸다. 대부분의 경우 분리 수술이 이루어졌는데 자생체와 기생체를 분리하지 않으면, 달리 말해 자생체에서 기생체를 떼어내지 않으면 자생체의 수명이 줄어들기 때문이었다. 그러나 그 특별한 형제와 함께 성인이 된 사례도 없지 않았다. K는 분리 수술을 거절한 이들도 알고 있었다. K의 경우 결정을 하거나 용기를 낼 필요는 없었다. K의 쌍둥이는 K와 함께 나왔지만 K에게 흡수되거나, 매달리거나, 파묻힌 채로는 아니었다. 그는 엄마의 자궁 안에서 죽은 채 K와 따로, 함께 나왔다.

이란성 쌍태아였던 둘은 양막과 태반을 따로 쓰고 있었으므로 K의 몸은 심장이 멈춘 쌍둥이의 몸과 충분히 분리되어 있었다. 쌍둥이가 죽은 사실은 진즉에 발견했지만, 의사가 산모에게 '그냥 그대로 둘 다 배 속에 넣고 계시다 한꺼번에 꺼내라' 권한 것은 그 때문이었다. 그게 더 안전하다는 이유가 덧붙었다. 안전한 게 누구 몸인지 산모인 자기 몸인지, K의 몸인지, 죽은 아기의 몸인지, 의사인 당신의 일신인지 묻고 싶었으나 엄마는 묻지 않았다. 아이 하나를 잃었다는 슬픔이 분노를 이겼고, 배 속에 시체가 있다는 두려움이 그마저도 덮어 눌렀다. 그러니까 제왕절개를 통해 K가 태어나던 그날은 쌍둥이 동생의 공식적인 사망일이었다. 세상 밖으로 먼저 나온 건 K가 아니었지만 K는 그 애가 동생이라고 결론 내렸다. 엄마가 보여준 오래된 사진 속 막 태어난 K의 옆에 놓인 쌍둥이. 17주 차에 성장을 멈춘 그는 K에 비해 너무너무 작았다.

동생은 꺼내자마자 화장해 이름이고 뭐고 없다고 했다. 하지만 K는 그를 부를 줄 알았다. 그가 K에게 자기 이름을 알려주었기 때문이었다. 그의 이름은 K의 이름과 같았다.

그는 어릴 때 K가 부르지 않아도 늘 K의 곁에 있었다. K는 그가 꿈의 세계에 속한 창백한 애벌레라고 생각했지만, 시간이 지나 학교에 다니며 귀신이 무엇인지 알게 되었다. 그 후로는 밤에 잠을 자지 못했다. 매일 밤 공포에 질려 악을 쓰며 울었고, 때때로 혼절하거나 거품을 물었다. 견디다 못한 엄마가 물어물어 찾은 절에서 노승

~~물결치는~몸~떠다니는~혼~~

은 간명히 답했다. K에게 죽은 쌍둥이의 존재를 밝히라는 것이었다. 모르니까 무서운 거지, 알면 무섭겠냐고. 용하다는 소문은 틀리지 않아서 동생의 사진을 본 후 K는 안정을 되찾았다. K는 이제 자신을 찾아오는 밀랍색의 작고 길쭉하고 동글납작한 존재가 무엇인지 알았다. 아는 이와는 친할 수 있었다. 오지 말라고 말할 수 있으니 오라고도 말할 수 있었고, 다른 사람의 말을 전한 뒤 대답을 다시 전해줄 수도 있었다.

"엄마가 미안하대."

어느 날 빨래를 개던 K가 말했다.

"괜찮대. 엄마는 최선을 다했대."

잠시 뒤 설거지를 하던 K가 말했다. 그 뒤로 한마디 더 오간 바 없이 하루가 저물고 또 아침이 오고 했었다.

K가 쌍둥이, 특히 쌍태아의 발생 과정에 집착적인 흥미를 갖게 된 것은 그때부터였다. 한쪽이 다른 한쪽과 어디까지 공유할 수 있는지, 어디부터 나뉠 수 있는지, 그것을 누가 결정할 수 있는지 알고 싶었다. 다른 태아를 흡수하며 DNA가 섞여 두 가지 이상의 자아를 가지게 된 태아의 경우를 '평범한' 다중인격장애와 구분한 연구만 해도 그랬다. 자아랄지 인격의 근원이 염색체뿐일까. 그것

의 유무로 내 몸속 타자의 혼과 평범한 정신질환을 구분할 수 있을까. 정신이 오직 염색체에만 깃들 이유가 있을까. 혼에게 그럴 필요가 있었을까. 상황에 맞춰 변화에 적응하며 진화적 시도를 이어간 것이 다윈의 핀치만은 아니었을 거다. 영혼들은 이어지기 위해 무엇에든 들러붙지 않았을까. 기억이나 노래, 그림, 냄새, 몸짓…… 어디든 매달려 여기까지 왔을 거다. 그러나 그런 얘기는 연구 자료에 나오지 않았다. K는 기대 없이도 계속 공부했다. 영어로 된 논문과 징그러운 사진들을 살피다 보면 꾸물꾸물 동생이 다가와 품을 파고들었다.

~

"바닷물은 점점 더 따뜻해졌고 사람들은 점점 더 게을러졌죠. 더우면 아무래도 그렇잖아요. 가뜩이나 홑몸들도 아니었고요. 작긴 해도 못 떼놓는 인형이랄지, 가방이랄지. 물론 계속 살아 있었죠. 형태도 여전히 제각각이었습니다.

그러나 한 시점에 같은 변화 맞이했어요. 움직임도 딱히, 성장도 그냥저냥이던 지난날 일시에 반성하듯 한꺼번에 무럭무럭 자라기 시작한 거죠. 이십 년만이었습니다. 가늘던 손가락 생기 머금어 대견히 이슬만 한 손톱 맺히고, 어른 엄지 같던 종아리 죽죽 통통해지는 모습 보고 있자면 다들 말은 안 해도 참, 흐뭇했습니다. 따지고 보면 내 쌍둥이라도 동생이나 자식같이 느껴진 거죠. 작으니까. 너무 작으니까. 그때는 그게 작을 때였으니까. 그게 물론 내 몸에 붙어살고 완전한 사람 꼴도 아니었으나 그 상황에서 너와 나의 생김새에 신경 쓰는 사람은 정말 아무도 남아 있질 않았거든요.

"아름다운 것과 살아 있는 것을 어떻게 구분하지?"

누군가 자기 골반에 돋아난 자그만 정강이를 쓰다듬으며 물었습니다.

"난 구분 못 해."

손가락 끝에서 자라난 동그란 가슴과 배에 입을 맞추며 다른 누군가 답했습니다.

"난 안 해."

등에 자라난 어린 팔을 가만가만 주물러주며 누군가 덧붙였습니다.

"아마도 이 몸들은 지금 바닷물의 성분과 온도가 양수와 비슷하다고 느끼게 된 모양이지. 그래서 자라기 시작한 거고."

그 말에 일동 고개를 끄덕였습니다.

"그럼 최종적으로는 출산도 해야 할까?"

누가 또 물었습니다.

"어떻게 낳지?"

질문이 이어졌습니다.

"낳은 뒤에는? 얠 어떻게든 내 몸에서 떼어냈다 쳐. 그래도 앤 여전히 이 물속에 있게 될 텐데, 그럼 계속 내 안에 있다고 느끼지 않을까. 아직 태어난 게 아니라고 생각하지 않을까."

그러나 몇 개월이 더 지나자 이런 논의는 의미를 잃었습니다. 기생체들은 거기 매달린 채 어른이 됐고, 아기가 아니니 낳을 필요도 없어진 거죠. 다리 기생체는 나날이 길어지고 근육이 붙고 나서 털도 나고요, 상반신 기생체는 특히 우람해져 자생체가 맨날 너무 행복해 보였어요. 그쪽이 헤엄칠 때 팔도 저어줘, 무거운 것 척척 옮겨줘, 붙은 위치가 애매해서 핑거섹스는 어려워도 여기저기 다른 데 만져주니까. 도움 많이 됐겠죠, 잘은 몰라도. 애인이나 다름없지 않았을까요. 평생 나를 떠날 수 없는 영원한 애인이요.

그러나 그런 애인에게선 본인도 영원히 떠날 수 없다는 사실을 알았어야죠. 아름다운 것과 살아 있는 것을 어떻게 구분하는지 모르겠다던 이가 자신의 아름다움을 잃었습니다. 허망한 사망이었죠. 자생체가 기생체 때문에 죽었습니다. 다리 기생체가 자라는 속도가 너무 빨라져 그 성장과 활동량을 감당하기 어려워진 자생체의 심장이 쇼크를 일으켰거든요.

다리 기생체는 어찌나 씩씩하던지 자생체가 숨을 거둔 뒤에도 몇 분간 바다 밑바닥을 계속 달렸습니다. 거기 매달려 끌려가는 자생체를 보다 못한 몇몇이 붙들어 오자, 다리 기생체는 그들의 코와 목젖을 사납게 걷어찼습니다. 코피가 터진 자생체의 등에는 우람한 팔뚝 기생체가 달려 있었는데, 그가 자기 자생체를 보호하며 다리 기생체를 죽은 이의 골반에서 뜯어냈습니다. 그 단면을 가득 채운, 소름이 끼칠 만큼 굵고 빽빽하던 혈관들. 골수들. 거기서 울컥울컥 쏟아져 나오던 진하고 귀한 알 수 없는 유기물들이 검은 바닷물을 더욱 검게 만들었습니다.

시간이 더 흐르자 모든 자생체와 기생체의 입장이 뒤바뀌었습니다. 이제 자생체들이 기생체에 기생했습니다. 스스로 양분을 구할 수 없어질 만큼 약해진 자생체들은 자신을 그렇게 만든 원수 몸에 붙어 부지하는 삶도 긍정해보려고 애썼습니다. 먼 옛날의 인류처럼 효도라는 가치에 기대를 걸었는지도요. 작고 약하던 기생체들을 이렇게 키워놓았으니, 이제 기생체들이 작고 약해진 자신들을 보살펴줄 차례라고. 하지만 기생체는 심장을 가지지 않은 신체임을 생각했어야지요. 마음이랄 게 없는 몸이었습니다. 그것들은 충분히 강해지고 커진 뒤에도, 달리 말해 자생체가 매우 작고 약해진 뒤에도 흡수를 멈추지 않았습니다. 그들은 자생체를 완전히 흡수하려고 했습니다. 한 바가지 분량의 양수 안에서 자생체가 해내지 못한 그 일을, 세상 전체를 품은 양수 속에서 기생체들이 해내려 하고 있었습니다. 그것은 성공처럼 보이기도 했습니다. 실제로 대부분의 자생체들이 속절없이 쪼그라들어 갔으니까요. 이제 자생체 안에는 약간의 뇌와 운동 능력이 남아 있을 뿐이었습니다.

하지만 기생체들에게는 심장이 없다는 사실이 한 번 더 국면을 전환했습니다. 기생체는 날 때부터 제 몫의 내장이 없었습니다. 자생체 장기를 같이 쓰면서 남는 힘을 꼬박꼬박 성장에 썼죠. 그렇게 커진 몸으로 자생체를 함락하는 것만큼 어리석은 선택이 또 있을까요. 자기가 매달린 밧줄을 자르는 꼴이었습니다. 자생체의 기능이 일정 수준 이하로 떨어지면 기생체는 그보다 먼저 죽을 것이었습니다. 오래 지나지 않아 자생체도 뒤를 따를 것이었습니다. 물론 이런 속사정은 폭풍이 그친 뒤에야 드러나기 마련이지만요.

내가 기생체로서는 유일하게 심장을 가진 건 우연이었습니다. 어쩌다 그렇게 나뉜 건지는 모르겠습니다. 다만 태어나 보니 우리 쌍둥이는 그랬습니다. 겉보기에는 남들처럼 비대칭적인데 심장이 제 쪽에 있었습니다. 저는 흉곽 형상의 기생체도 아니었습니다. 제 자생체의 가슴에 매달린 동그란 머리통이었지요.

하나의 얼굴로서 저는 눈 두 개, 코 한 개, 입 한 개, 귀 두 개를 가지고 있었습니다. 머리카락은 아주 짧고 부드러워 물속의 김과 비슷했습니다. 기본적으로 머리통이 가져야 할 뇌와 기타 신경망이 구비된 상태에서 심장까지 끼어드니 늘 두개골 안쪽이 울리고 뻐근했지만, 나는 감사하는 편이었습니다. 내 자생체는 너무 연약했으므로 심장이 그쪽에 있었다면 둘 모두에게 힘들었을 겁니다. 그도 그것을 알았고 저도 그것을 알았습니다. 그도 그것을 느꼈고 저도 그것을 느꼈습니다. 그것을 우리는 비밀로 지켰습니다.

우리가 유일한 공생을 계속하는 동안 그들은 각자의 고생을 이어갔습니다. 몸 내부를 운용할 힘을 잃은 기생체들이 얼마나 쉽게 죽어버렸는지 알면 놀라실 겁니다.

진실로 허망했습니다. 헛되고 어이없고 기막혀…… 떨떠름 언짢은 뭐 그런 뉘앙스. 그들의 몸이 얼마나 크고 튼실했는지 직접 봤다면 공감했을걸요. 한두 개의 신체 기관으로서 자생체의 온몸 크기와 맞먹거나 더 커다란 경우까지 빈번했으니, 고대의 인류나 전설 속 거인의 일부처럼 느껴졌습니다. 자생체들은 마지막 힘을 다해 이 거대한 기생체의 시신에서 자신을 분리했습니다. 알을 찢고 나오는 치어들처럼 조그만 자생체들이 곧 무리를 이루었습니다. 그러나 그 과정에서 힘을 모두 소진했고 또 먹이를 구할 힘은 남아 있지 않았습니다.

'무얼 먹고 살 것인가.'

지긋지긋한 질문이 다시 저주처럼 배 속을 파고드는 그때, 그 조그만 이들의 시선이 저를 향했습니다. "만나다!" 누군가 말했습니다. "아니야." 내 자생체가 말했습니다. 희고 둥근 내 몸이 굶주린 그들에게 무엇으로 보였을지 이해는 했으나 저는 그 무엇이 아니었습니다. 그들은 가벼워진 몸으로 빠르게 헤엄쳤습니다. 내 자생체가 나를 꽉 껴안아 보호하려 했지만, 나 또한 이 역겨울 만큼 비옥한 양수 속에서 그보다 훨씬 커다란 기생체로 자라난 지 오래였습니다. 얼마 지나지 않아 그들이 우리 몸을 파고들었고, 그들은 안으로 들어오거나 밖에 매달려 붙기 시작했습니다. 그들은 작은 스테이플러 심처럼 자생체와 저를 박아대면서 우리 신체를 하나로 밀착시켰습니다. 그러나 잠시 뒤 내 안에 영양소라고 할 만한 것이 딱히 없다는 사실을 알아챘습니다. 내게 소화 기관이 없다는 사실도요. 하지만 수많은 혈관이 있어 일단 내게 영양분을 공급해주면, 내가 그 통로를 통해 그들 전부의 모근만큼 작은 심장에 뜨거운 피를 넉넉히 뿜어줄 수 있다는 사실까지 파악했습니다.

그들 뒤로 서서히, 찢어진 기생체들이 흩어지기 시작했습니다. 나부끼며 번져나가는 유기물을 멍하니 바라보던 조그만 누군가 또 "만나다!" 외쳤습니다. 그 소리에 나는 조금 웃어버렸고, 내 자생체도 "맛나겠다" 하며 웃어 보였습니다. 제게 붙은 자생체들이 노를 젓듯 저를 움직여 폭설 안으로 진입했습니다. 그들이 먹고 강해지자 저도 그렇게 되었습니다. 그러자 그들도 그렇게 됐고 다시 제가 강해졌습니다. 저는 제 둥근 몸을 둘러싼 빼곡한 작은 눈들로 완전히 새로운 세계를 보기 시작했습니다. 작은 턱과 집게를 가진, 모래알보다 작은 크기의 동물들이 주위를 떠다니며 함께 만나를 먹고 있었습니다. 곧 그것들의 일부도 내게 붙었습니다. 그것들의 생각이 앞서 붙은 것들의 생각과 합쳐져 내 머릿속으로 쏟아져 들어왔습니다. 그것들이 일제히 머릿속에서 떠들기 시작했습니다. 내가 그것을 전부 듣고 이해했을 때, 나는 자전하기 시작했습니다.

내가 도니까 내 위의 것들도 따라 돌았고, 물길 갈라지니 가운데서 땅이 드러났고요. 솟아 나와 굳어진 거기 그 자리에서 아직 아무것도 아름답기 전, 딱 한 번 지구에게 물어봤어요. 엄마라고 불러도 되겠냐고요. 지구는 웃고 연달아 더 크게 웃었어요.

"머리통이 작아서 모르는 게 많은가 봐."

자전하며 부지런히도 놀려댔어요.

"그 모든 일을 겪고도 아직도 몰라? 너는 내 안의 쌍둥이야. 내가 기른 나의 분신이야. 아름다운 기생체야. 심장을 가진 조그만 머리통이야."

나는 그제야 함께 웃음을 터뜨렸어요. 기쁨의 힘으로 공전이 시작되었습니다. 그러자 태양이 생겨났어요. 우리를 위한 태양이었습니다.

"그럼 이제 내 이름도 지구인 거죠?"

지구는 더 크게 웃느라 대답 못 했지만, 그 뒤로 나는 나를 지구라고 불렀습니다. 나를 품은 검고 빛나는 바다, 그마저 품은 거대한 쌍둥이 지구는 거기 그대로 있었고요. 나는 여기 있으면 되는 거였어요. 이윽고 모든 아름다움이 시작되었습니다."

~

부랑자의 얘기는 그렇게 끝났다. 아니, 끝난 것은 지구의 이야기였다. 엄밀히 말해 부랑자는 한 마디도 하지 않은 거였다. K는 부랑자에게 물을 한 잔 가져다주었다.

부랑자는 한동안 말이 없었다. K도 뭐라고 해야 할지 알 수 없었다. 성인이 된 조카를 처음 만난 친척이 그에게 무어라 인사해야 할지 알 수 없어서 "……이렇게 되었구나" 했다던 일화만 떠올랐다. 어디서 들은 그 말을 지구에게도 하고 싶었다.

그랬구나.

그리하여,

……이렇게 되었구나.

이야기가 마음에 들지 않는 건 아니었다. 분명 기이한 이야기, 누가 듣고 역겹다는 반응을 보여도 비난할 수만은 없는 이야기였다. 그러나 K는 그것이 분명 아름답다고 생각했다. 퇴근 시간이 가까워지자 천장 구석에서 쌍둥이 동생이 우유처럼 고여 흘러내렸다. K가 그쪽을 보자 부랑자도 그쪽을 봤다.

"사는 게 괴롭고 외로울 때요. 나는 내가 지구라는 몸에 잘못 실린 혼이라고 생각했어요."

K는 다음 근무자를 위해 카운터를 정리하며 말했다.

"이 세상은 내 터전이 아니다. 이 신체는 내 실체가 아니다. 이번 판은 연습이다. 이렇게 구차한 시간들이 진짜로 내 인생은 아닐 거다…… 뭐 그런 식으로 생각한 거죠. 그런데 방금 이야기를 듣고 나니까 이제는 진짜 내가 다른 어딘가에 있을 것 같지도 않아요. 다만 참 궁금하네. 지금 여기 있는 이것은 무엇일까. 내가 아닌 것만은 확실한데요."

부랑자는 대답이 없었고 동생도 그랬다. K는 자기를 가리키던 손으로 앞치마를 벗었다.

미래는 가능성의 영역을 벗어날 수 없다. 실체가 있는 모든 시간은 자신을 미래로부터 분리해 현재로 드러낸다.[1] 그러나 결합이 있어야 분리도 있다. 물결치며 갈라지는 미래 사이로 굳어지는 현재에 발을 디딜 때, 사건들은

---

1 『성聖과 속俗』, M.엘리아데, 이은봉 옮김, 한길사, 1998, 132면 일부 변형한 문장. 원문은 다음과 같다. "물은 항상 가능적·배아적胚芽的·잠재적 상태를 넘어설 수 없다. 형태가 있는 모든 것은 물로부터 자신을 분리시킴으로써 물 위에 자신을 드러낸다."

~~물결치는~몸~떠다니는~혼~~

단단히 뭉쳐 나를 견뎠다. 영혼이 몸에 발을 담그듯 이 삶에 뛰어들었던 저 삶들도 마찬가지였을 것이다. 그러니까 어쩌면 나는 그저 결합에 불과한지도 몰랐다. 최소한 나는 결합을 통해 여기에 있었다. 그리고 나를 있게 한 모든 결합은 불균형적이고 비대칭적이며 무엇보다도 미확정적이었다.

"주인 없는 종이지."

카페를 함께 나온 K와 반대 방향으로 향하며 부랑자는 말했다.

"나는 주인을 모르는 종이야."

"그럼 너무 열심히 일하지 마세요."

K가 말했다.

"그런 정신이 종을 종으로 만드는 거다."

부랑자가 말했다.

"마르크스는 안 읽으세요?"

K의 말에 꾸중하듯 이를 드러내다 이내 웃으며 손을 흔들던 부랑자의 뒷모습을 K는 자기도 모르게 계속 쳐다보았다.

한낮의 빛이 모른 체한 낡은 창문마다 노을이 깃들 시간이었다. K는 바로 집으로 가는 대신 빵집에 들렀다. 흰 빵을 여러 개 사서 돌아가는 길에 다시 카페 앞을 지나가며 들여다보니, 자기 있던 자리도 부랑자 있던 자리도 빈자리가 아니었다. 이미 다른 누군가 거기 있었다. 그들은 스스로 물결치고 떠올라 이제 막 도착한 이들이었다. K는 그대로 계속 걸었다.

"여기 있는 것과 아름다운 것을 어떻게 구분하지?"

어깨 위에 있는 동생에게 묻자 동생은 귀찮다는 듯 빵봉지 속으로 툭 들어가더니 흰 빵들 사이에 숨어버렸다.

끝

연필 샌드위치

o = O Sandwich

꿈에 연필로 샌드위치를 만들어 먹었다. 그것이 꿈의 규칙이었다. 두 장의 흰 빵 사이에 연필들을 빽빽하게 끼워 먹을 것. 그 밖에, 그러니까 연필 외에 양상추 따위 다른 재료의 활용은 자유였다. 예컨대 마요네즈와 토마토의 신맛으로 연필의 연필 맛을 덮어 눌러도 됐다. 덮어 누를 수 있다면.

지우개를 넣어도 됐다. 굳이 넣고 싶다면 그래도 된다는 뜻이었다. 나의 경우, 그러니까 꿈속 나의 경우 넣고 싶었다. 흑연을 씹는 기분이 처참했으므로. 그것은 나무 안에서 검은 가루로 툭툭 터지며 침을 지독히도 떫게 만든다. 차마 목구멍으로 넘어가지 않는 묵직하고 진득한 액체를 계속 우물대다 보니 잇몸과 이의 틈이 시큰거렸다. 나는 이 문제를 해결하기 위해 연필과 상극인 지우개를 함께 먹어보려는 것이었다.

눈앞에 놓인 다양한 그러나 비슷한 지우개 가운데 색깔 면에서 가장 치즈 같은 지우개를 고른다. 비슷한 정도로 치즈를 닮은 지우개들이 있어서 그중 가장 딱딱한 지우개를 선택했다. 그래야 퍼석퍼석 부서질지언정 쓸데 없이 이에 들러붙거나 혀에 감겨들지 않을 테니까. 그래, 나는 내가 사용할 재료를, 그러니까 눈앞에 놓인 수많은 연필과 지우개를 하나하나 맛보며 신중하게 샌드위치를 만들고 있었다. 장소는 한 문구점이었다. '문구'에 속하는 것도 '점'에 속하는 것도 낡을 대로 낡은 광대한 곳이었다.

천장에 매달린 복돼지 저금통이 먼지 쌓인 얼굴에 그려진 비뚠 입으로 빙그레 웃으며 등에 뚫린 입을, 미뢰가 없는 입을 자랑해 보이고 있었다. 나는 주의력이 아주 약하다거나 아주 강하다는, 서로 상반되지만 이상하게 주의력이 나쁘다는 동일한 결론으로 수렴되던 어린 시절처럼 그 복돼지의 복된 미소에 갑작스레 매료되어 굳어버리고, '그가 나를 구원할까?' 기대하다 못해 행복한 마음으로 올려다보고, 그때 복돼지의 아랫배가 찢기며 빛처럼 은빛 동전들이 쏟아졌다. 하나하나가 눈송이처럼 가벼워 보이는 동전들은 느릿하게 하강하다 곧 바닥에 부딪쳐 굉장한 소리를 냈다.

있는 힘껏 귀를 막고, 있는 힘껏 비명을 지르자 소리는 들리지도 나오지도 않았다. 다만 한순간 꿈의 규칙이 바뀌고, 나는 샌드위치에 연필과 지우개뿐 아니라 복돼지 배 속에서 나온 동전까지 넣어 먹어야 하는 처지에 놓이게 되었다.

꿈의 명령은 말이나 글로 전달되지 않는다. 나는 그것을 그저 알며 느낀다. '먹어야 한다.' 직관을 어떻게 부정할 수 있을까? 맞서면 망각까지 요원해질 터. 그러므로 바뀐 처지를 순순히 받아들이는 태도는 악몽을 꾸는 자의 기본적 소양이다. 투쟁은 겪어야 할 고문의 종류와 시간을 늘릴 뿐이다. 잠이란 애초에 휴식을 의미했다. 싸워서 무언가 얻어내거나 이겨야 하는 시간이 아니었다. 죽음이 그렇듯이.

나는 쪼그리고 앉아 동전을 주웠다. 동전을 줍는 내 손이 아무런 맥락 없이 노인의 손으로 쪼그라들었다. '전혀 놀랄 일도 슬플 일도 아니야.' 나는 관절을 절뚝이며 빵을 다시 구우러 토스터 쪽으로 향했다. '순종은 참 고달픈 휴식이지.' 나는 허리를 두드렸지만 조금도 시원하지 않았고, 되레 손목까지 아파졌다.

카운터에 놓인 토스터는 더러웠으며 아마도 그 더러움 때문인지 빵을 바싹 구워도 모종의 축축함이 남아 있었다. 그때 문구점 카운터에 앉아 있던 나이 든 여자가 신문에서 고개를 들어 나를 힐끔 쳐다봤다. 나는 빵을 다시 구우면 안 되나 지레 놀랐고, 그 규칙을 몰랐다는 데 주눅이 들었고, 두 번 다시는 빵을 굽지 않겠다고 다짐했다.

마음속으로만 다짐했는데도 여자는 나를 용서하듯 편안한 얼굴로 다시 신문을 보기 시작했다.

그러나 나는 진심으로 빵을 딱 한 번만이라도 좋으니 다시 구워보고 싶었는데, 내려놓을 조리대나 접시 없이 빵 한 조각 위에 연필들을 나열하려면 무엇보다 빵이 단단하고 평평하게 버텨주는 것이 중요하기 때문이었다. 그러나 나의 떨리는 손바닥 위에서 빵은 자꾸만 찌부러지고 숨이 죽었다. 그러면 애써 배열한 연필들은 주르륵 굴러떨어졌다. 연필 사이사이에 지우개 조각들을 배열하거나, 그 위에 동전들을 올리고 두 번째 빵을 덮을 기회는 영원히 오지 않을지도 몰랐다. 게다가 이 흰 빵은 물에서 막 건져낸 것처럼 연약했고, 조금만 오래 들고 있으면 이내 찢어지거나 흐물흐물 녹아내렸다.

이쯤에서 나는 빵 한쪽에 재료들을 대강 얹어 반으로 접어버리는 방식의 제조도 고려하게 됐다. 그것은 내가 생애 최초로 접한 샌드위치의 모양이었다. 할머니의 방식. 그렇게 하면 식빵이 딱 한 장밖에 없을 때에도 샌드위치를 만들 수 있었다. 아니면 식빵 두 장으로 두 명분의 샌드위치를 만들거나. '그 방식이 받아들여질까?' 나는 고민하며 슬쩍 눈알을 굴려 카운터를 살폈다. 신문에 집중한 것처럼 보여도 저 나이 든 여자가 관심을 가지고 있는 건 나뿐이라는 사실을 모를 수 없었다. 규칙에 맞게 샌드위치를 만들어서 다 먹어치우지 않으면 저주가 풀리지 않을 것이다. 여기서 벗어날 수 없을 것이다. 그런데 여기는 어디지? 복돼지 문구점?[1]

*

심혈을 기울여 한 줄로 늘어놓았던 연필들이 또 한 번 와르르 굴러떨어졌다. 덩달아 손에 들어간 힘이 빠지며 백 원짜리 동전 몇 개가 요란하게 바닥에 부딪쳤다. 벌써 몇 번째 실패인지 기억조차……. 실패, 실패, 실패와 연필들은 제각기 꽁무니가 뜯어 먹힌 채 땀에 축축하게 절어 바닥에 구르며 깨지고 더러워지고. 그때 굳게 닫힌 유리문 밖에서 한숨처럼 바람이 불었다. 문과 바닥 사이의 좁은 틈으로 파고들어 연필들을 도르르 굴린 바람이 발목에 와 닿았다. 조금만 집중하면 꿈 밖의 내가 이불에

---

1 음식이란 생명만 연장하면 된다. 모든 맛있는 횟감이나 생선도 입안으로 들어가기만 하면 더러운 물건이 되어버리므로 목구멍으로 넘기기도 전에 사람들은 더럽다고 침을 뱉는 것이다. 사람이 천지간에 살면서 귀히 여기는 것은 성실한 것이니 조금도 속임이 없어야 한다. (…) 오직 하나 속일 게 있으니 바로 자기의 입이다. 아무리 보잘것없는 식물食物로 속이더라도 잠깐 그때를 지나면 되니 이는 괜찮은 방법이다. ─「가계」, 『다산시문집』 제18권, 정약용.

발을 집어넣으려 웅크리는 소리가 들렸다.

'집중하지 않는 것이 중요해…….' 꿈속의 내가 생각하며 다시 쪼그려 앉아 연필들을 주울 때, 어떤 분노가 변의便意처럼 삽시간에 몸 안쪽을 채우며 비명 지르게 했다. 나는 다시 젊은 나로 돌아오고 있었다. 거부하려 더욱 크게 소리쳐봐도 몸 구석구석의 혈관이 조밀해지고 뼈가 희어지는 것을, 근육이 유연해지고 살이 단단해지는 것을, 그 모두에 배어 있던 통증들이 사라지는 것을 통제할 수 없다. 꿈속의 젊은 나와 꿈 밖의 젊은 내가 동시에 신음할 때, 꿈과 현실의 경계는 파선破線이 되고 나는 두 개의 마음으로 동시에 선언한다.

'나는 더 이상 연필 샌드위치를 만들지 않겠다.' 등 뒤에서 신문이 소리 나게 접혔다. '나는 색연필 샌드위치를 만들겠다.' 나는 공포에 굴복하지 않고 생각한다, 라고 나는 생각했다.

그러자 나는 색연필 코너에 서 있었다. 색연필 코너는 연필 코너의 바로 다음 블록이었다. 복돼지 문구점의 블록은 골목만큼 길고 뱀처럼 가늘어 매우 좁지만 탄성이 있어서 아무리 커다란 사람이라도 원하는 쪽으로 움직이며 문구를 제대로 고를 수 있었다. 나는 그 속을 기어서 갔다. 식도를 타고 넘어가는 음식물처럼 순순히 흘러가다 멈추어 고집스레 머물렀다. 내가 샌드위치에 넣으려고 하는 색연필은 연필과 근본적으로 다르게 생긴 색연필이기 때문이었다. 나무 안에 심이 있어 칼이나 연필깎이로 깎아 쓰는 색연필 말고, 플라스틱으로 된 자루의 아랫부분을 돌리면 심이 빙글빙글 올라오는 그런 색연필을 찾는 것이었다. 그것은 아마도 내가 연필의 연필다움에 아주 질려버렸기 때문에.

그러나 문제가 하나 있었다. 플라스틱 색연필은 늘 세트로만 판매한다는 거였다. '내게 주어진 빵은 작아서 색연필 한 세트가 전부 들어가지 못할 거야.' 나는 생각했다. '게다가 굳이 검은색 색연필을 넣은 샌드위치를 만들고 싶지도 않아.' 그것은 다른 사람들에게 연필 샌드위치처럼 보일 터였다. 연필 샌드위치를 먹고 있다고 오해되기 싫었다.

게다가 세트로 사면 비싸다. 나는 돈을 그렇게 많이 가지고 있지 않았고 그건 딱히 꿈이라 그런 것도 아니었다. '잠자는 중에도 검소할 것.' 꿈 밖의 내가 다시 위엄 있게 뒤척였다. 카운터에서 신문이 뒤적여졌다. '나는 늘 신문이 싫었다. 그러나 화내고 싶지 않다.' 집중하지 않기 위해 어금니 사이에 끼어 있는 나뭇조각 하나를 혀로 끌어와 천천히 씹었다. 목구멍으로 넘어가려는 나뭇조각을 다시 혀로 끌어내 잘근잘근 짓이기자 그것의 맛이 익숙해지며 내게 더 익숙하던 다른 맛으로 변했다.

누룽지를 끓여 그 물을 마시는 것을 끼니로 삼던 시절이 있었다. 음식이 당최 먹히지 않았기 때문이었다. 음식을 만들거나 사서 입으로 가져가 씹고 삼켜 소화하는 과정 중 반드시 하나 이상에서 문제가 발생했다. 비스듬히 앉아 누룽지를 홀짝이면서 나는 간장 같은 것 대신 구수함이란 무엇인가에 관한 사유를 반찬 삼았다. "보리차, 숭늉, 된장국 따위에서 나는 맛이나 냄새와 같다." 구수함의 사전적 정의는 이러했는데, 아무리 생각해도 보리차와 숭늉과 된장국의 공통점은 최후의 음식이라는 것뿐이었다. 흉년이 들어 먹을 게 없을 때, 몸이 아플 때, 마음이 아플 때. 내 연명이 누군가에게 폐를 끼치는 일이라고 여겨질 때, 그러니까 내가 음식을 먹고서 하루를 더 사는 게 이 세계와 주변에 누가 되는 게 거의 확실해졌을 때 그럼에도 불구하고 마주할 수 있는 밥상. 선택할 수 있는 가장 낮은 밥상의 맛이라는 것이었다. 어쩌면 구수한 맛이란 먹는 사람을 죄인으로 만들지 않는 유일한 맛인지도 몰랐다.
현실적으로도 구수한 맛은 최후의 맛이다. 음식을 먹

는 게 어려워지면 처음에는 단맛 나는 먹을거리를 찾기 마련이다. 체내에 에너지가 부족해져서 몸이 곧바로 사용할 수 있는 당류에 끌리는 것이다. 그러나 단맛이 주는 쾌감은 떳떳하지 않고 이를 깨닫는 데에는 오랜 시간이 필요하지 않다. 단맛에 대한 죄책감은 구역감으로 이어지는데 속이 안 좋으니 자연스레 신맛을 찾게 된다. 그러나 신맛은 위액과 같은 맛이라는 점에서 구역감을 구역질로 발전시키는 방아쇠 역할을 한다. 게다가 식이장애 증상을 가진 이들의 나약해진 위장 벽에 산은 고통을 주기 십상이다. 신맛이 이럴진대 쓴맛이나 매운맛이 지속 가능할 리 없다. 게다가 이 둘은 기본적으로 고통이라는 면에서, 순수한 쾌감이 아니라 비틀린 쾌감을 선사한다는 점에서 불쾌도 함께 유발한다. 약해진 소화 기관을 온종일 괴롭히며 일상의 무게를 더하는 건 자해를 하는 이들이 추구하는 통증의 방식도 아니다. 우리는 통증이 빛났다 사라지기를 바란다. 무언가를 가지고 사라져주기를 바란다. 통증도 스스로 그것을 바란다. 그로 하여금 짧은 평화랄지 결정적 보람이 되기를 바라지 삶처럼 지속된다면 의미가 없을 것이다. 혹은 잠처럼. 결코 죽음을 닮을 수 없는 긴 잠처럼.

그러므로 구수한 맛이 종착지다. 누구든 마지막엔 숭

능 앞에 앉는다.

어느 날인가 누룽지 끓인 물을 꾹꾹 씹고 있는데 내가 마치 나무껍질을 씹어 그 즙을 먹는 곤충이 된 것 같다는 느낌이 들었다. 나는 지금 한 마리 곤충으로서 미량의 나무를 씹을 뿐이다……. 그건 누구에게 누가 되는 일도 폐가 되는 일도 아닐 터였다. 손톱만 한 배를 채우려 나무 둥치를 쏠 때의 평안. 내가 뭔가 먹음으로 하여 누가 죽지도 굶지도 않는다는 감각. 오히려 모두가 더 나은 쪽으로 향해 간다는 믿음. 내가 내 먹음에 대해, 즉 내 생존에 대해 자격을 고민하지 않는 일상의 슴슴한 기쁨이 구수함이었다. 그러니까 식사에 거부감을 느끼는 사람들의 마지막 보루가 바로 이 구수함에 있는 거라고 나는 생각했다.

할머니는 돌아가시기 전 몇 달간 제대로 된 식사를 하지 못했다. 캔에 든 유동식을 마시는 게 전부였고 유동식에는 '구수한 맛'이라고 적혀 있었다. 구수한 맛이라고 적힌 유동식에서는 누룽지 냄새가 났다. 꿈속의 나는 다시 연필 코너로 걸음을 옮겼다.[2]

2 어릴 적부터 할머니와는 결정적으로 생활의 리듬이 맞지 않았다. 하루 중 내가 활기찬 시간에 할머니는 졸려 했고, 내가 피곤한 시간에 할머니는 의욕이 넘쳤다. 그 대립이 가장 극단적으로 느껴진 시간대는 오후 4시에서 5시경이었는데, 나는 늘 낮잠을 자고 싶어 했던 것 같다. 그리고 다른 가족이 보기에 나는 그 시

*

이제 나는 완성된 연필 샌드위치의 맛을 보고 있었다. 자신이 꿈에 있다는 사실을 얼핏 아는 자 특유의 용기로 크게 한 입을 베어 물었고, 곧 샌드위치에 둥근 반달 모양 자국이 생겼다. 빵이 젖어 흘러내릴 정도로 많은 겨자 소스를, 복돼지 문구점의 바닥을 엉망으로 만들 정도로 많은 양상추를 끼워 넣었음에도 (그것들이 어느 코너에 있었는지는 기억나지 않는다) 연필의 나무 맛이 너무 생생해 나는 조용히 찌푸렸다. 찌푸린 채로 씹었다. 한 입을 더 베어 물었다. 나무가 결대로 부러지며 뾰족한 끝이 혓바닥을 뱄다. 금속의 맛이 더해졌다. 등 뒤에서 들리는 신문 소리가 부드러웠다.

간대에 낮잠을 잤다고 할 수도 있을 것이다. 그러나 나는 한 번도 제대로 잠든 적이 없었는데, 그 시간대에 할머니가 늘 낮잠에서 일어나 좁은 부엌으로 가서 간장에다 꽈리고추를 넣고 굵은 멸치를 조렸기 때문이다. 참 서럽고 처절한 냄새가 난다고 생각했던 것 같다. 눈을 감은 채로 들숨을 아껴가며 너무 좁은 집, 그마저도 거실 소파 뒤에 간이로 놓인 내 이부자리에 누워 나는 눈물을 흘릴 수밖에 없었는데 그 간장 냄새가 몹시 싫었기 때문이었다. 퇴퇴하고 촌스럽고 무엇보다도 뻔뻔한 냄새라는 느낌이었다. 왜냐하면 할머니는 반찬 투정이 심한 편이었고 밥을 잘 드시면서도 밥맛이 없다는 말을 입에 달고 살았는데, 그런 때에도 유일하게 잘 드시는 반찬이 바로 그 간장을 넣고 조린 꽈리고추와 멸치라서 나는 할머니가 멸치를 볶을 때면 할머니가 밥을 먹기 위해 정말 노력한다는 인상을 받을 수밖에 없었다. 그리고 어린 나는 그것이 싫었던 것 같다. 할머니가 열심히 밥을 먹는 것. —2021년 4월 20일의 일기 중에서.

"맛이 어때?"

처음으로 누군가 내게 물었다. 꿈이 늘 그렇듯 말을 건넨 자는 보이지 않는다. 나는 맛있다고 대답하기로 결심한다. 최대한 착하게 굴어야 여기서 얼른 나갈 수 있을 것 같아서였다. 그러나 말을 하려고 입을 열면 입안에 생긴 공간만큼 씹다 만 샌드위치가 불어나 혓바닥을 눌렀다. 혀를 움직여 치우면 그대로 목구멍이 틀어막혀 구역질이 났다. "맛이 어때?" 이번에는 카운터에서 그녀가 물었다. 나는 몇 번 더, "맛있어요"를 시도했다. "맛있어요"는커녕 "괜찮아요" "먹을 만해요"까지 줄줄이 실패였다. 한참 뒤에야 겨우 내가 여기서 할 수 있는 말을, 하는 게 허락된 말을 찾아냈다.

"그만 먹고 싶어요. 맛이 없어요."

*

"걔는 음식을 하면 맛이 없어. 네가 하면 맛있는데."
할머니가 돌아가신 뒤 가장 먼저 한 일은 이모의 꿈에 나와 엄마 음식을 홍보하는 것이었다. 이모를 향한 할머니의 이 비틀린 칭찬은 결국 이모의 입에서 반찬을 해 엄마에게 갖다주겠다는 말이 나올 때까지 계속되었다. 그날 이

연필 샌드위치

모가 엄마에게 해다 준 반찬은 섞박지와 동태찌개 그리고 간장에 조린 멸치였다.

　이야기를 듣던 내가 수화기 너머로 대꾸할 말이 없었던 것은 엄마의 거식 증상을 최초로 유발한 사람이 바로 이모이기 때문이었다. 엄마와 이모가 함께 연 식당에서 갑자기 이모가 손을 뗀 게 계기였다. 엄마는 가게와 함께 몰락을 시작했는데 그것은 무엇보다도 축소를 의미했다.

　엄마의 살은 매분 매초 빠지고 있는 것처럼 보였다. 1번 테이블을 닦고 뒤를 돌아보면 주방에 선 엄마의 팔뚝이 더 가늘어져 있었고, 2번 테이블을 닦고 뒤를 돌아보면 마찬가지로 주방에 선 엄마의 목덜미가 더 가늘어져 있었다. 육수 통에 들어갔다 나온 노계들처럼 엄마는 내가 조금만 흔들어도 뼈가 드러났다.

　닭들의 뼈는 왜 늘 부러질 준비가 되어 있는 걸까. 살을 발라내는 게 어려운 이유는 그 때문이었다. 엄마는 닭들을 불쌍히 여기기 시작했다. 닭을 해체하는 건 내 일이 됐다. 나는 당시 회사를 다니고 있었지만 평일이면 퇴근한 후 자정까지, 주말에는 온종일 식당에서 일했다. 회사는 경기 북부에, 식당은 경기 남부에 있었지만 선택의 여지가 없었다. 손가락으로 닭을 찢고 나면 식사로 닭개장을 먹었다. 건더기를 그득히 담아 한 대접을 배 속에 쏟아부었다.

엄마는 어릴 적 나에게 가상의 탯줄에 관한 이야기를 들려주곤 했었다. 내가 엄마의 배 속에서 나온 뒤 눈에 보이는 탯줄은 절단했지만, 어떤 영적인 탯줄 같은 건 잘리지 않고 남아 있어서 그것으로 여전히 서로 영향을 주고받는다는 거였다. 나는 내가 그 탯줄을 통해 엄마의 몸에 음식을 공급한다는 생각을 했다. 평소보다 많이 먹었고 맛있게 먹었다. 그러니까 엄마가 손님들이 먹을 밥을 퍼 담고 나서 눌어붙은 누룽지 위에 물을 부어 끓인 것을 천천히 마시는 동안 엄마 옆에서 닭개장을 먹으며, 사실 닭개장을 먹고 있는 건 엄마고 내가 먹고 있는 게 누룽지라고 생각했던 것 같다. 그런 숭고함으로 매일의 식사가 피로했지만, "넌 여기 밥 먹으러 왔니?" 엄마는 묻곤 했었다.

*

식당을 팔고 얼마 지나지 않아 할머니가 입원했다. 할머니는 입원하고 얼마 지나지 않아 식사를 거부했다. 엄마는 할머니의 거부를 거부하기로 결심한 것 같았다. 올리고당 한 통을 핸드백에 넣고 매일 식사 시간이 되면 병원에 갔으니까. 할머니는 그냥 밥은 안 먹었지만 엄마가 올리고당을 뿌려서 먹여주는 밥은 꿀떡꿀떡 잘 넘겼다. 밥숟갈 위 뽀얗게 뜬 밥뿐만 아니라 멸치조림에도, 햄에도, 김치에도, 된장국에서 건진 시래기 위에도 올리고당이 뿌려졌다. 그러나 단맛의 나날은 짧고 할머니 병의 진행은 빨랐다. 할머니는 곧바로 구수한 맛 유동식으로 건너뛴 것이었다.

할머니를 보살피기 시작하며 엄마는 다시 밥을 정말 열심히 먹었다. 하지만 내가 먹어댄 밥이 엄마의 기운이 됐던 시절과 달리, 엄마가 밥을 아무리 먹어도 할머니는 계속 더 아프기만 했다. 건강해지는 건 엄마 쪽이었다. 팔다리에 살이 붙고 피부에 윤이 났다. 영적인 탯줄은 언제 끊어지는 것일까. 아마도 딸이 엄마가 되는 그 순간일까? 그 순간에 엄마는 자기 엄마와 이어지던 줄을 끊고 나와의 결속을 선택한 걸까? 사람의 배꼽이 하나인 이유는 그 때문일까? 나는 어쩌면 할머니와 진정으로 연결되어 있는 건 엄마가 아니라 나일지도 모른다고 생각하기도 했지만, 나도 할 수 있는 일이 없었다. 가게가 팔린 뒤 무엇을 먹든 거기서 닭 비린내가 나는 것처럼 느껴졌기 때문이었다.

누룽지 밥알들이 소화되지 않아 신물이 올라오는 입 안을 가라앉히려 양치질을 하는 동안 거울 속 내 얼굴은 종종 할머니와 너무 많이 닮아 있었다. 어쩌면 우리는 세대를 건너뛴 탯줄을 통해 서로 만나지 않을 때조차 괴로움을 주고받아 왔는지도 몰랐다.

건강했던 사람이 아프고 뚱뚱했던 사람이 여위고 살아 있던 사람이 죽는 게 나는 아직도 이해되지 않는다. 할머니는 건강한 사람이었고 뚱뚱한 사람이었고 무엇보다도 살아 있는 사람이었다.[3]

*

연필 샌드위치의 마지막 한 입이 어떤 맛이었는지 지금도 생생하게 떠올릴 수 있다. 나는 그 마지막 조각을 오래 씹지도 않았다. 있는 힘껏 삼키고 구역질하느라 식도근육에 힘이 빠지자 샌드위치는 가볍게 오르락내리락했다. 그것이 마침내 위장에 처박혔다고 느껴졌을 때 나는 카운터로 갔다. '다 먹었는데요' 따위의 말은 하지 않아도

---

3 부모의 상喪에는 성복成服하는 날에야 죽을 먹고, 졸곡卒哭하는 날에야 거친 밥을 먹고 물을 마시며, 국을 먹어서는 안 된다. 채소와 과실은 먹지 않는다. 소상小祥 (죽은 지 1년 만에 지내는 제사)이 지난 후에야 채소와 과일을 먹어도 되고 국도 먹을 수 있다. 예문이 이와 같으니 병이 나지 않았으면 예문대로 해야 한다. 어떤 이는 예가 지나쳐서 3년 동안이나 죽을 먹었다 하는데, 만일에 그가 참으로 효성이 남보다 뛰어나고 털끝만큼도 억지로 하는 뜻이 없다면 비록 예보다 지나치기는 하지만 그래도 혹 옳다 하겠다. ─「제6장 상제」, 『격몽요결』, 율곡 이이.

되었다. 그녀는 보고 있을 터였다. 어쩌면 투시하는 눈을 가져 내 목구멍 위아래로 오르내리던 연필 조각들의 모습까지 구분할 수 있었을 터였다. 신문의 마지막 장이 넘어가고 그녀는 만족스러운 얼굴로 내게 이제 나가봐도 된다는 듯 손짓했다. '울지 않아야 해.' 그때 나는 생각했는데 자존심 때문이 아니라 마지막까지 그녀의 기분을 상하게 하고 싶지 않았기 때문이었다.

　　나는 천천히 복돼지 문구점의 출입문을 향해 걸어갔다. 밖은 어둡고 안은 환하므로 유리문에 내 모습이 거울처럼 비쳤다. 나는 온통 검은 옷을 차려입은 채 검은 땀을 흘리며 서 있었는데 이 옷을 언제부터 입고 있던 것인지, 땀은 언제부터 흘리고 있던 것인지 종잡을 수 없었다. 그저 자신에게 걸어가듯 천천히 문을 향해 걸어가고 내가 문에 다다르기도 전에 문이 열리고 누군가 우르르 밀려 들어왔다. 언제부터 있었는지 모를, 문구점 안에 있던 사람들도 우르르 밀려 나갔다. 공기도 마찬가지였다. 바람이 밀려 들어오고 또 밀려 나가며 내 머리카락과 옷자락을 이리 뒤집고 저리 뒤집었다. 잠시 강한 허기를 느꼈고 그것이 담담한 울렁거림으로 바뀌는 것을 느꼈다. '배가 고프지 않아서요.' 나는 습관처럼 생각했다. 갑자기 나는 내가 지금 몹시 아프며 도움이 필요하다는 생각을 하게 되고 그로 인해 웃게 됐다. '누군가 어디가 아프냐고 물어본다면' 나는 생각했다. '물어봐준다면, 나도 잘 모르겠다고 말해줘야지. 기꺼이.' 그러나 더 이상 이렇게 온통 검은 옷을 차려입고 뭘 기다리고 있을 수만은 없다는 생각도 들었다. 점차 견딜 수 없이 명치 쪽이 아파왔기 때문이었다. 가슴이 아프다는 게 아니라 나는 구토했다. '신문지로 닦으면 되는데.' 구토하며 나는 생각했다. 축축한 연필 조각들을 밟으며 또다시 우르르 누군가 밀려 들어오고 밀려 나갔다. 나는 바닥에 검은 땀을 뚝뚝 떨어뜨리며 그 자리에 가만히 엎드려 있다가 그대로 소멸했다.[4]

*

그리고 침대 위에서 눈을 떴다.

오래된 우울이 느긋하게 자기 자리를 찾아 돌아오고,

---

4   간장을 생각하면 기분이 늘 이상하다. 이 거부감은 종종 본능적인 것이라고 느껴지기도 한다. 이렇다 할 이유도 사실 없고. 굳이 따지면 할머니 때문도 아닌 것 같다는, 뒤바뀐 인과의 오류일 수 있다는 생각마저 한다. 그런 생각을 하다 보면 나는 간장을 뒤집어쓰고 간장과 함께 사라져버려야 할 나쁜 귀신의 영역을 조금은 가지고 있는 걸까 하는 생각에 도달하게 된다. 한편 더 나쁜 것은 차라리 내가 나쁜 귀신이라면 그 간장을 통해 정화되거나 소멸될 수 있을 것인데, 내가 완전히 나쁜 귀신이 아니고 그 요소를 가진 그냥 사람이라서 늘 간장을 필요로 하고 또 두려워한다는 생각이다. ㅡ2021년 4월 20일의 일기 중에서.

연필 샌드위치

낯선 슬픔이 주위를 두리번거리며 머릿속을 파고드는 이른 오후였다. 사람들의 구둣발 밑에서 우두둑우두둑 연필 부러지는 소리가 여전히 머릿속을 두드리며 손과 발을 떨게 하고 팔과 다리를 뻣뻣하게 했다. 나는 공들여 숨을 내쉬었다.

침대는 축축했고 안락하지 못했으며 내가 손 닿는 거리에 가져다 둔 여러 가지 물건으로 좁기까지 했다. 나는 옆으로 누운 채 울지 않고 있었다. 손가락을 쭉 펼치자 뭉툭하던 통증이 길쭉해지는 것이 느껴졌다. 내가 잠을 자는 동안 손가락을 쉼 없이 꼼지락거리고 움찔거리기 때문이다. 그 모습을 본 사람들은 내가 꿈에서도 글을 쓰고 있다고, 타자기를 누르고 있다고 이야기하지만 나는 꿈에서 글을 쓰는 일이 거의 없다. 대신 나는 쪽파를 썰고 베란다를 청소하고 누군가의 어깨를 주무른다. 바닥에 떨어진 머리카락을 주워 모으고 뚜껑이 열린 채 동댕이쳐 있는 사인펜들의 색에 맞춰 뚜껑을 닫는다. 이를 닦고, 이를 닦이고, 화투를 정리하고, 박수를 치고, 기저귀를 갈고, 운전을 해 누군가를 경치 좋은 저수지에 데려간다. 내가 해야만 한다고 생각하는 일을, 해야만 했다고 생각하는 일을 한다.

그러므로 나를 잠에서 깨우는 가장 좋은 방법은 내

손을 움켜쥐는 것이다. 헛되이 바삐 움직이는 손가락을 꽉 붙들어 때늦은 자상함과 의미 없는 보살핌이 만들어내는 기만적인 보람을, 비겁한 기쁨을, 지어낸 행복을 깨뜨리는 것이다. 미처 하지 못했거나 하지 않았던 일들로 이루어진 세계 속에 나를 다시 끌어다 놓는 것이다.

글로 쓰인 좋은 이야기들이 내가 몸을 뒤척일 때마다 침대 밑으로 툭툭 떨어진다. 밥상을 차려 온 엄마의 발등을 멍들게 한다.

"뭐라도 먹어야지."

엄마가 말했다.

"뭐라도 먹어야지, 은정아."

엄마가 말하고 있었다.

끝[5]

5 이른바 벽을 향해 제사를 드리는 향벽설위向壁設位에서 인간을 향해 제사를 거행하는 향아설위向我設位로의 이행이 그것이다. (…) 당시의 향아설위에서 눈에 띄는 것은 그것이 기존에 벽을 향해 차려졌던 하나의 제상을 인간을 향해 반대로 돌려놓는 방식이 아니라 사람마다 각기 제상을 마련하고 자신을 향하여 진설하게 하는 방식이었다는 점이다. —『동학의 테오프락시: 초기동학 및 후기동학의 사상과 의례』, 최종성, 민속원, 2009, 130~132쪽.

한 방울의 내가

As Ồ of you

○

    이번 생의 나는 웅덩이인 모양이었다. 그러나 조금
도 실망은 없었다. 언제나 바다일 수는 없는 법이니까. 우
리 물들에게 이 말은 누구나 바다일 수는 없다는 말과 같
은 의미였다. 하여 늘 약속처럼 다독이기를, 누군가는 주
전자에 담겨 끓여져야 하고 누군가는 오줌이 돼 악취를
풍겨야 한다고. 그건 달리 말하자면 모두 언젠가는 주전
자에 담겨 끓여질 수 있고 또 언젠가는 오줌이 돼 악취를
풍기게 되리란 거다. 물의 운명이란 그런 것이니 우리 물
들에게 너라는 말은 지난 생의 나 혹은 다음 생의 나라는
말과 똑같은 의미. 그러므로 우리는 단순히 하나의 농담
으로만 질투를 한다. 물에게 질투는 농담이다. 그러니까
나에게도 실망은 없다. 게다가 웅덩이 정도면 나쁜 편은
아니지 않은가.

지난 생에는 눈물이었다. 워낙 자주 우는 자의 눈물이라 탄생은 매끄러웠다. 별일도 아니었는데. 계절은 봄이었고 아름다움이 도처에 흔해서 귀히 여겨지지 않았다. 다만 늦은 저녁이었고 시간은 가장 밝고 환한 꽃잎들을 재료로 시름과 우울을 발명해낸 뒤였다. 메이는 올해로 막 서른이 됐다. 대리나 주임이 되기 괜찮은 나이였다. 신부가 되기에도 엄마가 되기에도 나쁘지 않았다. 메이의 친구들은 실제로 그 모든 것이 되어가는 중이었다. 승진과 결혼과 출산의 예정일이 그들의 달력에 붉게 동그라미 쳐져 있었다. 메이가 상실한 작고 붉은 지구들이 퇴근길 메이의 눈앞에서 아른거렸다. 원하지 않으면 놓치지 않을 줄 알았는데 쥐지 않고도 빼앗기고 있었다. 그러자 서러움이 북받쳤고 기어코 눈물을 한 방울 흘리고야 말았던 거였다.

메이에 관해서는 그걸로 다였다. 태어나자마자 메이의 발치로 굴러떨어진 나는 그 후로 두 번 다시 메이를 보거나 메이로 볼 수 없었다. 멀어져가는 메이의 뒷모습을 되도록 오래 바라보기 위하여 한 방울의 몸을 최선을 다해 길쭉하게 늘여보았지만 곧 다시 납작해졌고 둥근 모

한 방울의 내가

습으로 되돌아갔다. 나는 노래를 부르며 보도블록의 틈을 따라 온몸으로 천천히 기었다. 작은 모래 알갱이들이 내 몸을 조그맣게 조각내 가지고 갔다. 그러는 동안 나의 크기는 점점 줄어들었다. 「어쩌면」 나는 온점만큼 작아진 채 노래를 부르며 생각했다. 「가장 좋은 눈물은 가장 작은 눈물일지도.」 뿌듯해져 판판해진 가슴으로 나는 돌멩이에 달라붙어 잠시 숨을 돌렸다. 그때 누군가 그 돌을 주워 강으로 던졌다. 겨눈 돌팔매였다. 큰 검둥오리를 향해 날아갔다. 한 방울의 내가 몸을 움츠렸다. 검둥오리는 가벼이 날아올라 몸을 피했고 나는 통쾌함에 웃음을 터뜨리며 강물로 떨어졌다.

그 안에서 일찌감치 모여 놀던 빗방울들이 우르르 몰려와 내 주위를 둘러쌌다. 따뜻한 동물들이 온기를 나누듯 우리는 서로서로 크기를 나누었다. 그러나 마냥 즐거워할 수만은 없었다. 나는 눈물이었으므로. 「마음껏 확대되어도 될까?」 내가 커지면 커지는 만큼 저 바깥 어딘가에서 메이의 슬픔도 그만큼 커져 있을 것 같았다. 속상함에, 나는 탁해졌다. 탁해진 채로 가장 밑바닥까지 가라앉았다. 노래를 불렀다. 빗방울들이 영문을 모른 채 저들끼리 웃으며 나를 건드렸지만 함께 웃어주지 못했다. 놀이하지 못했다.

저녁이 되자 우리를 품고 있던 강물이 모두에게 부드럽게 '동화의 춤'을 제안했다.

「내 안으로 들어와. 나와 합쳐져 나와 함께 내가 되자…….」

나는 그 제안의 나긋나긋한 너울거림에 얼마간 뒤로 밀려났다. 그 자리를 빗방울들이 채우며 소리쳤다.

「강이 된다니!」

「큰 물이 된다니!」

빗방울들은 온몸으로 환호성을 질렀다. 그러나 나는 고개를 젓고는 강물의 바닥을 올챙이처럼 유영했다. 간지럼을 탄 강물이 나를 센 물결로 밀어냈다. 노래를 부르며 순순히 강변으로 밀려나자 다시 오리가 보였다. 이번에는 한 마리가 아니라 한 떼였다. 작고 큰 괙 소리를 내며 나를 향해 부리를 딱딱거렸다.

「먹히면 안 돼.」

나는 몸을 떨었다. 한 방울의 힘으로 버티며 한 방울의 입으로 말했다.

「사라지면 안 돼.」

다시 기어 강물의 중앙으로 침투했다.

그곳에서는 이미 동화의 춤이 시작되고 있었다. 강물

한 방울의 내가

이 자신의 커다란 몸을 마음대로 조각냈다 합쳤다 하며 출렁이는 동안 아직 강물에 속하지 않은 다른 물방울들이 강물의 움직임을 음악 삼아 커다란 원을 그리며 춤추었다. 빗방울, 땀방울, 산 혹은 죽은 동물의 체액이 일정한 간격을 두고 방울져 돌았다. 과일의 즙, 투기된 폐수, 온갖 맛이 나는 음료와 약물들이 앞과 완벽히 똑같은 간격을 두고 돌았다. 원 안에 들어오는 방울들이 많아질수록 그 간격은 점차 좁아졌고, 얼마 지나지 않아 각각의 방울은 표면을 맞대며 누르고 눌렸다. 그들의 위와 아래는 전과 다름없이 곡선이었지만 서로 맞닿은 양옆은 전에 없던 직선을 획득했다. 우리는 우리가 창조한 직선에 겁먹어 서로서로 두리번댔다. 반듯한 모든 것은 사라지기 쉬움을 아는 터였다.

춤은 곧 절정을 향해 치달았다. 모든 물방울들이 하나의 탄성을 내지르며 빠른 속도로 회전했고 그들은 이제 완연한 하나의 띠처럼 보였다. 그 안에 있기는 나도 마찬가지였다. 빙글빙글 도는 동안 차차 몸 안이 가벼워졌다. 그러나 결정적인 순간 나는 메이를 떠올렸다. 즐거운 나의 정가운데 잉크처럼 번져가는 한 방울의 그리움이 있어 곧 양옆의 손을 놓게 했다. 나는 이탈하려 시도했지만 이미 동화를 시작한 물방울들은 서로를 놓아주는 방법을 몰랐고 나도 마찬가지였다. 「나는 메이의 눈물. 누구의 것도 아닌 강물이 될 수는 없어.」 다시 한번 한 방울의 의지를 다잡으며 춤을 멈추려 노력했지만 이미 그럴 수 있는 시점을 지난 것처럼 보였다. 내 손을 꼭 쥔 물방울들의 손바닥이 점차 얇아지는 게 느껴졌다. 우리 사이의 경계가 사라지기 일보 직전이라는 의미였다. 나는 한 방울의 눈을 질끈 감았다.

곧 한 방울의 몸 또는 마음 안에서 낯선 동력이 가동하기 시작했다. 그것은 내가 삼킨 중력의 한 조각처럼 강물의 부력과 춤의 원심력에 저항해 아래로 아래로 나를 끌고 내려갔다. 그 힘이 너무 강해 아래로 뾰족해진 채 찢어질 것 같은 고통을 느꼈다. 실제로 곧 미세하게 보르륵 소리를 내며 내 양옆이 찢겨져나갔고 나는 황급히 찢긴 부위의 막을 여몄다. 그러는 동안에도 나는 계속 아래로 아래로 끌어 내려지며 그대로 물방울들의 띠에서 완전히 분리되어 마침내 다시 한 방울의 나를 획득했다. 자유로 물든 한 방울의 마음이 환호하던 것도 잠시, 무리에서 가장 거대한 검둥오리 한 마리가 강물을 뚫고 들어와 나를 쫓아 하강했다. 그리고 나를 삼켰다.

암흑 속에서, 끝없는 암흑 속에서 나는 스스로를 애도하느라 슬픈 노래를 불렀다. 그러나 한 절이 채 끝나기도 전에 애도의 노래는 싸움의 노래로 급격히 전환되었다. 나를 잃으면 절대로 안 된다는 이상한 다짐이 내 한 방울의 마음속에, 한 방울의 머릿속에, 한 방울의 몸속에 가득 찼기 때문이었다. 「나는 메이의 눈물. 오리가 될 수는 없어.」 메이의 눈물로 태어났으니 끝까지 메이의 눈물로 살겠다는 생각을 하면 어떤 감정으로 내 안이 요동쳤는데, 그것은 평화라고 하기에는 너무 씩씩하고 행복이라고 하기에는 너무 진실됐으며 즐거움이라고 하기에는 너무 숭고했다. 나는 그 감정을 사랑했지만 영원한 유지는 불가능한 일임을 알고 있었다. 물로서 변화를 거부하기란 물이 물이기를 거부하는 것과 마찬가지였으므로. 수영장, 저수지, 늪이나 호수처럼 잔잔하고 큰 물이라면 모를까, 물방울에게는 더더욱 말도 안 되는 생각일 것이었다.

살아 있는 오리의 몸 안에서 동화의 춤은 멈추지 않았다. 오리가 잠을 자는 동안에도 마찬가지였다. 정신없는 무도회들을 지켜보는 것만으로도 나는 점점 나를 잊어갔다. 그것은 물들에게 있어, 나를 잃어갔다는 말과 똑같은 의미였다. 얼마 뒤 아주 커다란 눈물방울처럼 보이는 어떤 것이 오리의 배 속에서 만들어지기 시작했을 때 내 몸과 마음은 그 거대함을 향했다. 「저게 뭘까?」 한 방울의 호기심으로 나는 가득 찼다. 온종일 그 주변을 빙빙 돌았다. 달이 지구를, 지구가 태양을 그렇게 하듯 저항할 수 없는 힘의 작용이었다. 누군가 이것이 오리의 알이라는 사실을 귀띔해준 뒤로 끌림은 더욱 강렬해졌다. 이 신비로운 알의 일부가 되는 것이, 그렇고 그런 다른 물들과 기꺼이 합쳐져 오직 이 알을 이루는 것이 세상에서 가장 자연스러운 일처럼 여겨졌다.

　「그러나 괜찮을까?」 나는 의심하였다. 「아기 오리에게도 눈물이 필요할까? 아기 오리한테도 눈물이 있어야 할까?」 고민할 시간은 충분하지 않았다. 난각이 단단하게 자리 잡고 나면 온전한 형태로 그 안에 들어가기는 불가능할 것이었다. 어느 날 밤, 나는 평소처럼 알의 주위를 빙글빙글 돌다 한 방울의 충동에 나를 맡겼다. 마지막으로 기억나는 것은 오리의 몸 바깥으로 나오던 순간이었다. 새끼 오리는 태어나지 못한 채로 죽었다. 삶도 죽음도 아닌 시간이 얼마간 흐른 뒤 탁 하고 바깥에서 난각을 깨는 소리가 났고, 나는 천천히 땅으로 스며들었다.

　그게 지난 생에 관하여 내가 기억하는 전부다. 꼭 한 번의 변모랄지 환승이랄지, 그게 다인 전부였다.

◯

「전생을 이렇게 생생히 기억한다는 게 이상해.」

이른 아침, 내 몸에 내려앉은 어린 검둥오리에게 말했다.

「보통 물들은 그렇지 않아?」

어린 검둥오리가 물었다.

「물에게 있어 죽음은 망각과 같은 말이야. 전생을 기억한다면 그건 전생이 아닌 거야.」

「너의 경우, 다만 없는 조각이 있다는 거지?」

오리가 작게 꽥꽥거렸다. 몸을 뒤척이며 앙증맞은 발 하나를 내 안에 찔러 넣어 휘저었다.

「응.」

「잊지 않아도 잊히는 기억이 있다.」

「뭐라고?」

「잊히지 않아도 잊는 기억이 있고.」

「그게 무슨 뜻이야?」

「몰라.」

「몰라?」

「다만 엄마의 말.」

오리는 잠시 더 물에 뜬 채 발을 놀렸다. 해가 지자

꽥꽥 소리를 내며 멀어져갔다. 나는 잠시 의기소침해져 몸을 웅크렸다. 그러나 몸은 아무리 웅크려도 웅덩이 이하로 축소되지 않았고, 그것은 분명 낯설고 부끄러운 느낌이었다. 「나는 여전히 메이의 눈물인데 이제는 이만큼 커다래져버렸구나.」

며칠이 지나자 나는 몸 전체와 일부를 자유자재로 움직일 수 있을 만큼 웅덩이로서의 나에 익숙해졌다. 치마나 망토 자락을 잡아당기듯 우아하게 일렁이는 일도, 빛과 소리를 머금고 튀어 오르는 일도 가능했다. 그러나 내가 속한 영역을 벗어날 수는 없었는데 그 어려움은 무척 이상하게 느껴지기도 했다. 한 방울의 내가 동화의 춤을 거슬러 몸 전체를 아래로 강하고 빠르게 이동시켰던 경험이 아직 기억 속에 자리하고 있기 때문이었다.

「그때는 그런 움직임이 어떻게 가능했을까?」 어느 날 저녁, 나는 몸을 비틀어보며 그 감각을 되살리려 노력했다. 「어떤 힘에 의해 끌려간다는 생각이었는데, 돌이켜보니 그 힘은 내 몸 안에 있는 나의 힘이었어.」 여기까지 생각하고는 급히 입을 다물었다. 혼자 힘으로 자연의 흐름에 저항할 수 있다는 생각이 놀라웠고, 내가 이런 생각을 하고 있다는 사실을 누가 알게 될까 두려웠기 때문이었다.

「그렇게 무서워할 것 없어.」

깜짝 놀라 위를 보니 바람이었다.

「'온'이라고 한다.」

「온?」

「네가 궁금해하는 그 힘. 이따금 일어나는 비정상적인 움직임의 근원 말야. 물의 중심을 이루는 작은 구슬이야. 작은 물도 큰 물도 가지고 있어. 물의 기억과 감정은 그곳에 저장되지.」

「내 기억에는 끊어진 부분이 있어.」

「온의 한 조각을 잃어버린 모양이구나.」

「내가?」

「깨진 온은 녹기도 더 쉬우니, 동화에는 더 유리할 거야. 오히려 잘된 일일지도 모르지.」

「온이 녹아?」

「큰 물과 작은 물이 동화의 춤을 끝까지 함께 추면 더 작은 쪽 온이 녹아 사라져. 하나의 물에 하나의 온. 그게 규칙이니까.」

「나는 그 어떤 커다란 물에도 동화되지 않을 거야. 끝까지 내 온을 지킬 거야.」

내가 외치듯 던진 말에 큰 바람은 잠시 멈추어 위아래로 일렁거렸다.

「죽음을 두려워하는 물은 없어. 물들에게 너라는 말은 지난 생의 나 혹은 다음 생의 나라는 말과 똑같은 의미.」

「두려운 게 아냐. 나는 메이를 계속 기억하고 싶어.」

「이기심이라고 한다.」

「이기심?」

「네가 방금 말한 그 마음 말야.」

그 뒤로 바람은 오래 찾아오지 않았다. 나는 어린 검둥오리와 함께 시간을 보냈다. 어린 검둥오리가 더 이상 어리지 않아질 만큼 긴 시간이었다. 검둥오리는 더 이상 작고 가볍지 않아진 뒤에도, 그러니까 내 조그만 몸 위에 자신의 몸을 띄우기 어려울 만큼 크고 무거워진 뒤에도 종종 나를 찾아와 내 안을 파고들었다. 나는 그에게 비비라는 이름을 붙여주었다. 다 큰 오리인 비비의 응석을 받는 일이 나는 좋았다.

「먹을 게 너무 없어.」

하루는 비비가 말했다. 배 속에 불룩하게 알들을 품은 채였다. 나는 줄 것이 없어 슬퍼졌다. 얼마 뒤 그의 고통스러운 신음 소리에 잠에서 깨자, 비비는 자기가 낳은 첫 번째 알을 먹고 있었다. 비쩍 말라 가늘어진 목과 몸통이 연신 꿀렁거렸다. 알의 속은 너무 묽어 비비가 삼키는 것보다 더 많은 양이 땅으로 스몄고 나는 그것이 안타까웠다. 얼마 지나지 않아 비비의 몸에서 두 번째 알이 나왔다. 그 알은 훨씬 건강해 보였지만 나는 아까보다 더 안타까워 속으로 괴로운 신음을 삼켰다. 저와 같은 일이 오래전 비비와 나에게도 일어났음을 깨달아버린 것이었다.

건강하고 커다랗던 두 번째 알에서 새끼 오리가 깨어나 제 어미와 함께 수영을 할 수 있을 정도로 자라는 동안 나는 그 깨달음을 기억의 꼴로 세공하였다. 바람은 거의 도움을 주지 않았지만 그의 의도적인 무관심과 부정에서 진실의 부스러기를 얻는 방법을 나는 깨우치고 있었다. 예를 들어 내가 「그때 나는 그 알의 노른자였어?」라고 물으면 그는 딴소리를 했지만, 내가 「흰자 쪽이었구나?」라고 물으면 그 진실의 무게를 감당하지 못하고 멀리 날아가버렸다. 어느 순간부터는 매일 기억이 조금씩 스스로 되살아났고, 바람도 체념한 채 내 말을 듣다 한 번씩 답답함을 참지 못하고 끼어들어 이음새를 정리해주었다.

「그러니까 이렇게 되었다는 거지.」

가을의 어느 날 내가 말했다.

「나는 비비의 엄마가 낳은 첫 번째 알 속 흰자의 일부로 바깥에 나왔어. 흰자의 역할은 알 밖에서 들어오는 세균을 막는 것. 그럼으로써 알 깊은 곳에서 만들어지는 중인 아기 오리를 안전하게 지키는 것. 흰자 속 물방울들은 빠른 박자의 군무를 멈추지 않아야 했어. 조금이라도 틈이 생기면 그 안으로 균들이 파고들 테니까. 나도 그 사실을 알고 있었고 열심히 춤을 추었어. 그러다 한순간 갑자기 주춤하고 만 거야. 내 자리에 빈틈이 생겼고, 대열이 뒤엉켰어.」

「일부러 멈춘 건 아니었겠지.」

바람이 웅얼거렸다.

「신발 끈이 풀렸다거나, 뭐…….」

「첫 번째 알이 깨어날 가능성이 없어 보이자 어미 오리는 그 알을 깨트려 먹었어. 그리고 더 건강한 두 번째 알을 낳았어. 그게 바로 비비.」

「맞아.」

「깨진 알 가운데 흙으로 스민 대부분은 다른 물방울들을 품어 내가, 웅덩이가 됐어. 어미 오리에게 먹힌 일부분은 두 번째 알에 합쳐져 어린 검둥오리로 세상에 나왔어. 그게 바로 비비.」

「그래.」

「잊지 않아도 잊히는 기억이 있다고 했지. 잊히지 않아도 잊는 기억이 있다고 했고. 비비의 어미가 했던 말이래. 이제 나는 그 말의 의미를 알아. 잊지 않으면 더 이상 살 수 없는 기억이 있다는 뜻이야. 계속 살아나가기 위해 전생처럼 끊어내고 지나가야 할 과거가 있다는 뜻이야.」

곧 내 안에서 심상치 않은 떨림이 일어 머리끝부터 발끝까지를 흙탕물로 만들었다. 점차 혼탁해지는 의식을 붙잡으려 애쓰다 그대로 잠들어 며칠간 깨어나지 못했다.

—

앓는 동안 바람이 세차게 불더니 비가 많이 내렸다. 강이 불어났다. 몸집이 커다래진 강은 나를 통과해 흘러가고자 하였다. 무력감에 몸을 떨면서도 있는 힘을 다해 저항하는 나를 잠시 물끄러미 쳐다보던 강이 다시 흐름을 재촉하며 소리쳤다.

「알겠다, 너. 그때 그 물방울이지? 동화의 춤을 그만두고 사라져버렸던.」

「맞아요.」

「대체 왜 그러는 거야?」

완전히 흙탕물이 되어버린 큰 강물이 물었다.

「왜 나에게 합쳐지지 않기 위해 그렇게까지 애쓰는 거야? 내가 더러워서 그러는 거야?」

「그런 게 아니에요.」

내가 온몸을 꽉 웅크리며 말했다.

「기억을 잃는 게 싫어서 그래요.」

「죽음을 두려워하는 물은 없어. 우리 물들에게 너라는 말은 지난 생의 나 혹은 다음 생의 나와 똑같은 의미.」

「하지만 저에게는 이 생에서 다시 만나야 할 사람이 있어요.」

강물은 어깨를 으쓱하더니 그대로 다시 흘러갔다. 그러다 얼마 뒤 커다랗고 투명한 비닐 하나를 들고 다시 나타났다.

「농사지을 때 쓰는 거야.」

강물이 말했다.

「좀 오염되었을 수 있다는 뜻이야. 하지만 구멍 나거나 찢어진 곳은 없어. 여기 네 몸을 넣고 잘 여민 뒤 내 몸에 타면 너는 너로서 온전할 수 있을 거야. 너의 온을 지킬 수 있을 거야.」

나는 강물이 건네는 비닐 안에 내 몸을 집어넣고 웅크렸다. 곧 콸콸 소리와 함께 강물이 나를 덮쳤다. 나는 강물을 따라 빠른 속도로 움직이기 시작했다.

「좀 천천히 갈 수는 없어요? 정신이 하나도 없어요!」

「그냥 잠을 자. 나도 그러고 있으니까.」

강물이 대답했다.

얼마나 지났을까, 누군가 내 몸을 꼬집듯 물어뜯었다. 눈을 떠 돌아보니 바다거북 한 마리가 나를 먹으려 하고 있었다.

「해파리.」

바다거북이 말했다.

「해파리를 먹을래.」

「난 해파리가 아니야.」

내가 말했다.

「나는 메이의 눈물이야.」

「거짓말.」

바다거북이 다시 말했다.

「거짓말하는 해파리를 먹을래.」

마침내 거북이 비닐에 구멍을 내자 나는 바닷물 속으로 흘러들었다.

바다는 춤을 멈추지 않는 물이었다. 까마득히 오래전 시작된 춤이 끝없이 이어지며 안팎의 모든 것을 합치고 분해했다. 나는 이미 추어지고 있는 춤에 휩쓸려 다른 물방울들과 함께 돌았다. 먼저 춤을 시작한 이들의 몸에서 작고 빛나는 것이 빠져나와 바다의 중심으로 빨려 들어가고, 온을 잃은 물방울이 경계를 잃고 바다가 되는 것을 보았다. 그러자 곧 내 차례가 왔다. 온이 사라지려고 하니까 비로소 온이 느껴졌다. 그것은 과연 물의 안에 자리한 구슬이었다. 사라지지 않으려는 힘이었고 움직이려는 힘이었으며 기억하려는 힘이었다.

「어서, 다시 움직여.」

나는 내 온에게 속삭였다.

「처음 강물의 춤 안에서 그러했듯이 내 한 방울의 몸을 잡아당겨 어디로든 도망치라고.」

곧 온이 내 안에서 발버둥 치며 나를 이쪽저쪽으로 끌어당기는 것이 느껴졌지만, 그 힘은 너무 미약하게만 느껴졌다.

「바다는 정말로 강한 물이구나. 정말로 커다란 물이구나.」

나는 울먹이며 몸 안쪽으로 손들을 뻗어 내 온을 꽉 움켜쥐었다. 사라지려는 메이를 붙들 듯 할 수 있는 최선을 다해 내 온을 붙잡고 놓지 않았다.

파도가 더욱 거세졌다. 나는 이를 꽉 깨물었다. 그대로 아주 오랜 시간이 지나도록 나는 내 온을 놓지 않았다. 바다는 사나운 동물처럼 날카로운 발톱으로 나를 할퀴고 뭉개고 무참히 던져버리기를 반복했지만, 그럴수록 나는

한 방울의 내가

내 온을 잡은 내 손에 더욱 힘을 줄 뿐이었다. 나도 내가 왜 이렇게까지 하는지 알 수 없었다. 녹아내리려던 내 온이 다시 빛나기 시작한 것은 그때였다. 저 멀리서 심상치 않은 포효와 함께 커다란 소금 공처럼 보이는 흰 구슬이 녹아내리기 시작한 것도 같은 때였다. 바다의 온이 녹아내리기 시작한 것이었다.

이상한 일이었다. 희고 커다란 바다의 온이 녹아내리며 작아질수록 나는 나의 생각이 점차 넓어지고 깊어지는 것을 느꼈다. 지금껏 알지 못했던 것들, 기억하지 못했던 것들, 상상하지 못했던 것들이 머릿속에서 파도치며 무언가 부수고 무너뜨렸다.

「내가 바다가 되고 있는 게 아니라 바다가 내가 되고 있는 거야.」 나는 생각했다. 「내가 바다에 동화되는 게 아니라 바다가 내게 동화되고 있는 거라고.」 눈을 뜨자 아까 그 바다거북이 비닐을 먹으려고 열심히 씹는 모습이 보였다. 나는 센 물결을 일으켜 바다거북에게서 비닐을 뺏고 근처를 떠다니던 해파리 하나를 그의 입에다 넣어주었다. 그 모든 동작이 자유롭고도 유연하게 가능해지고 있었다.

그러나 문제가 하나 있었다. 큰 물이 되고 나니 메이를 보고 싶은 마음까지 커져버린 것이었다. 메이에 대한 그리움은 더 이상 한 방울의 마음이나 한 웅덩이의 마음이 아니었다. 바다 그 자체였다. 세계의 절반 그 이상이었다. 그것을 참을 수는 없는 일이었다. 확장되기는 나의 감각도 마찬가지였다. 나는 멀리서도 메이의 냄새를 맡고 메이의 소리를 들을 수 있었다.

「메이!」

나는 메이가 있다고 여겨지는 쪽으로 달려가기 시작했다. 해변을 거닐던 사람들이 비명을 지르며 나로부터 도망치기 위해 내달렸지만 금세 나에게 붙잡혀 넘어지거나 옷을 적셨다.

「너, 도대체 왜 그러는 거야?」

바람이 달려와 엄한 목소리로 물었다.

「메이에게 갈 거야.」

내가 대답했다.

「지금 넌 바다야.」

「여전히 나는 메이의 눈물이야.」

내가 일어서자 해일이 일어났다. 사람들이 도망치고 건물이 무너졌다. 그만 멈추고 싶은데 몸이 말을 듣지 않았다. 나도 나를 주체할 수가 없었다. 숨을 헐떡이는 내게 바람이 다가왔다.

「그래, 이게 네가 원하던 거야?」

나는 잠시 생각하려 했으나 몸을 가라앉히는 게 불가

능했다. 나는 펄펄 끓듯이 날뛰다가 얼어붙은 듯 버티기를 반복했다. 바람은 다 알겠다는 듯, 이럴 줄 알았다는 듯 고개만 끄덕였다. 그것이 나를 더 증폭시키고 나를 더 발파시켰다.

「제발 도와줘.」

결국 나는 스스로 무슨 부탁을 하는지도 제대로 모르는 채로 부탁했다.

「부탁이야. 뭐라도 해줘. 나를 멈춰줘.」

순간 바람이 끄덕이기를 멈추고 나무둥치만큼 굵고 곧은 팔을 내 몸 안에 쑥 집어넣었다. 무언가 뜯겨나가는 감각과 함께 찰나가 지나자 고요가 찾아왔다.

。

그리고 천천히, 아주 높은 곳에서 눈을 떴다.

무게를 잃은 채 나는 오래 쉬었다. 수증기로 사는 즐거움은 압도적인 가벼움에 기반했다. 한없이 가벼우므로 어디로든 갈 수 있었다. 원하는 쪽으로 갈 수 있는 것은 아니었지만 애초에 원하는 방향이 없었으므로 괜찮았다.

계속해서 움직여야 하므로 친구를 만들기는 어려웠지만 말벗 정도는 어디에나 있었다. 나는 나비와 말했고

솜털이 달린 씨앗과 말했고 먼지나 재와도 말했다. 주변에 아무도 없다고 느껴지는 날에는 바람이 있었다.

「내 그리움이 누군가를 죽인다면 그건 나일 거라고 생각했어.」

어느 날 나는 바람에게 말했다.

「내 그리움으로 인해 내가 아닌 다른 이가 죽을 수 있다고는 생각 못 했어.」

그러면 바람은 말없이 나를 태우고 이리로 갔다 저리로 가기만 반복했다. 그 커다랗고 투명한 요람 위에서 나는 이리로 구르고 저리로 구르며 쉬고 또 쉬었다. 그러다 쉬는 일이 힘들어지면 그 피로를 풀기 위하여 더욱 깊은 쉼 속으로 파고들었다.

시간이 얼마나 흘렀는지 알 수 없었다. 나는 점차 졸음만을 느꼈다. 온종일 아무 말도 하지 않고 잠만 자는 날이 많아졌고, 한번 잠들어 며칠 동안 깨어나지 않은 적도 많았다. 어느 날인가 몸 안을 파고드는 냉기에 놀라 오랜만에 일어나니 바람과 나는 아주 높은 곳에 있었다.

「언제 여기까지 올라온 거야?」

내가 눈을 비비며 묻자 바람은 언젠가의 나처럼 어깨를 한 번 으쓱해 보이고는 상승을 계속하였다.

「그만 올라가자. 너무 추워.」

「겨울이 다가오고 있어서 그래.」

「벌써?」

바람이 고개를 끄덕였다. 그러고는 다시 양옆으로 부드럽게 흔들리기를 반복하였다. 그 리듬에 맞추어 나의 눈꺼풀도 가볍게 나풀거렸다. 마지막으로 확실히 본 정경은 아주 커다랗고 툽툽한 구름 한 채가 나를 향해 다가오는 모양이었다. 실상 구름은 그곳에 가만히 있고 바람이 나를 그리로 데려가는 것이었지만, 그런 것을 파악할 수 없을 정도로 나는 이미 몹시 나른한 터였다.

—

나는 천천히 구름 안을 유영했다. 그곳에서는 온이 없는 물들이 아기처럼 조그매진 얼굴로 서로서로 몸을 기대어 찬 잠을 자고 있었다. 그들 하나하나는 멀리서 볼 때와 달리 두껍지도 희지도 않았다. 다만 정밀했고, 자명했다. 반쯤 잠들거나 반쯤 잠 깬 내 주위를 고요가 평화처럼 감싸안았다. 다시 눈꺼풀이 감겨들었다. 그러는 동안에도 한 방울의 궁금증은 꺼지지 않았다. 「이들의 온은 모두 어디 있는 걸까?」

나를 이곳에 내려둔 바람이 곧 구름 전체를 부드럽

게 흔들었다. 이미 잠들어 있던 물방울들도 꿈과 꿈 사이를 더듬거리던 물방울들도 단번에 더욱 깊은 평화 속으로 빠져들었다. 고요해지려던 찰나, 아래쪽에서 익숙한 리듬의 꽥꽥 소리가 들려왔다.

내가 알기로 이렇게 우는 오리는 세상에 딱 세 마리뿐이었다. 비비와 비비의 엄마 그리고 비비의 아이. 나는 잠이 그득한 눈을 애써 부릅뜨고 잠시 땅을 내려다보았다. 비비의 아이로 보이는 오리 하나가 사람 하나를 피해 날아오르고 있었다. 사람이 왜 이런 날씨에, 이런 시간에, 이런 깊은 곳까지 찾아왔는지 도무지 모르겠다는 얼굴로 주변을 빙빙 돌며 꽥꽥 울기를 반복했다. 나도 나의 오리를 잠에서 깨게 한 사람을 좀 더 유심히 내려다보았다.

밤이었기 때문일까. 한 여자가 조용히, 붉은 끈을 들고 천천히 산을 오르고 있었다. 여자의 표정이 밤보다도 어두웠기 때문에 나는 그녀를 가만히 들여다보았다.

「메이!」

메이였다. 나는 메이를 소리쳐 불렀다. 그러나 메이는 듣지 못한 듯 고개를 숙일 뿐이었다. 하늘을 올려다볼 생각은 없어 보였다. 구름의 먹빛이 점점 짙어지고 있었다. 메이의 얼굴도 더욱 어두워졌다.

「메이!」

한 방울의 내가

나는 메이를 다시 소리쳐 불렀다. 이번에는 메이에게 다가가려는 몸짓도 함께였다. 그러나 가벼운 물로서, 물 중 가장 가볍고 연약한 물로서 스스로 구름의 경계 밖을 벗어나 메이를 향해 하강하기란 불가능에 가까웠으므로 나는 다만 소리치며 몸을 비틀 뿐이었다.

「대체 무슨 일이야?」

나 때문에 잠이 깬 물방울 몇몇이 투덜거렸다.

「내 온이 필요해.」

「온이?」

「내 메이에게 가야 해. 그러려면 온이 필요해. 부탁이야. 말해줘. 우리가 빼앗긴 온은 모두 어디에 있어?」

「그야…….」

다른 물방울이 하품을 하며 저 위쪽을 가리켰다.

「구름의 꼭대기에 있지. 바람이 거기 전부 모아 뒀으니까.」

나는 그 물방울의 손가락 끝을 따라 위를 올려다보았다. 까마득히 희고 먼 꼭대기에 과연 빛이 반짝이는 것도 같았다. 더 망설일 시간이 없었다. 지금 메이를 놓치면 또 언제 어떻게 만날 수 있을지 몰랐다.

몸의 가벼움에 의지해 떠오를 수 있는 높이에는 한계가 있었다. 그 이상으로 오르려면 힘을 써야만 했다. 달리

딛거나 짚을 곳이 없었으므로, 나는 잠자고 있는 다른 물 방울들을 발판이나 손잡이 삼아 구름 안을 기어오르기 시작했다. 한 걸음 올라설 때마다 내 아래서 「아얏!」이나 「뭐야?」 소리가 들려왔지만, 그때그때 아래를 쳐다보며 사과를 건넬 시간 따위 없었다. 나는 잠자코 올랐다. 웅성대는 소리가 점차 커지는 것을 느끼면서도 내려다보지 않았다.

오르는 동안 밤은 더 깊어졌다. 온통 어두운 가운데 한참이 흘렀다. 곧 저 위에서 쏟아져 내리는 흰빛이 있어 나는 여정을 멈추고 그것을 올려다보았다. 그것들은 한 방울의 눈을 부시게 했다. 별인가 하면 그것도 아니었다.

「온이다.」

등 뒤에서 누군가 중얼거리는 소리가 들렸다. 뒤를 돌아보니 수천수만 개의 물방울들이 보였다. 잠에서 깬 물방울이 나를 따라 올라오며 다른 물방울의 잠을 깨우고, 그 물방울들이 다시 우리를 따라 올라오며 다른 물방울의 잠을 깨우기를 수차례. 구름 안에서 잠자던 모든 물방울이 깨어나 이곳 꼭대기로 올라온 거였다. 그들은 자신의 온을 알아볼 수 있었다. 그들이 온을 불렀다. 노래처럼 불렀다. 그러자 온들은 빛나기 시작했다.

뒤늦게 상황을 파악한 바람이 기세를 몰아 다가왔지만 이미 노래와 춤은 시작된 뒤였다. 구름 속 물방울들은

한 방울의 내가

함께 춤추었지만 같은 춤을 추고 있는 물방울은 하나도 없었다. 각자의 춤을 출 뿐이었다. 가장 먼저 춤을 끝낸 이는 나였다. 내 안으로 완벽히 들어온 내 온이 내 몸 전체를 끌고 내려가기 시작했다. 삽시간에 나는 구름의 경계를 벗어났다. 바람이 밑에서 나를 잡아채려 했지만 나는 나풀거리며 멀어졌다. 눈송이는 너무 사소해 떠밀리느라 붙잡히지 않는 존재였다. 잠시 아찔한 해방감에 사로잡혔다 천천히 정신을 차리자 주위는 다시 구름 속처럼 희었다. 나와 닮은, 내가 닮은 눈송이들이 침묵으로 환호성을 지르며 함께 떨어지고 있었기 때문이었다.

「구름이 메이를 향해 산산조각 나고 있어.」

*

나는 작고 흰 낙하산을 타고 내려오는 작고 흰 눈사람처럼 웃으며 메이에게 손을 흔들었다. 메이는 나를 아직 발견하지 못했다. 들고 있던 끈을 나뭇가지에 묶을 뿐이었다. 늘어진 끈을 둥글게 말아 묶어 고리를 만드는 손이 침착했다. 곧 메이의 붉은 동그라미가 메이의 눈앞에 놓였다. 나는 숨을 죽였다. 메이가 하고자 하는 일을 알 수 있었다.

한 방울의 머릿속이 이야기들로 가득 찼다. 이야기 안에서 메이는 때 이른 폭설을 이기지 못한 나뭇가지가 부러지는 바람에 살아나기도 했고, 전신이 눈에 덮여 제 때 발견되지 않아 끝내 구조되지 못해서 숨을 거두기도 했다. 이 이야기들은 모두 이미 이루어진 일들이었고 일어날 수 있는 일들이었으며 그 가능성들에 관해 이제 나의 선호는 없었다.

「죽은 너를 향해서든 산 너를 향해서든 상관없이 나는 너를 향해 하강한다.」

잠시 메이가 주춤하며 하늘을 올려다보았고 우리의 눈이 마주쳤을 때, 메이의 눈과 나의 눈―이 마주쳤을 때,

한

방

울

의

내

가

132한 방울의 내가

수렴하는 바다. 얼어붙는 현재. 내리는 가능성들과
증발하는 생. 끓는 고백. 흐르는 기억. 고이는 추억.
흩어지는 과거. 가라앉는 결정. 떠오르는 진심.
터지는 물음. 흡수되는 고통. 쏟아지는 약속.
솟구치는 허기. 젖어드는 한숨. 밀려드는 비밀.
쓸려가는 대화. 굽이치는 피로. 갈라지는 예감.
파고드는 용서. 쓰다듬는 절망. 맺히는 대답.
톡톡 소리를 내며 튀어 오르는 결말.
비로소 잠기는 이해.
깊이 소용돌이치는 우리.

「나는 메이의 눈물. 눈물은 메이의 나.」
바람이 고개를 저었다.
나는 메이의 눈동자를 끌어안았다.

끝

청룡이 나르샤

drag On blues

배우 K의 올해 마지막 작업은 복福에 관한 연구이
될 것이다. K는 그것을 진작부터 알고 있었다. 시즌에
맞춘 캐스팅! 그것이 영향처럼 K는 믿고 있었다. 에서
산타 코스튬이나 위스키가 드 케이크를 준비하는 마
음으로 이 작업을 준비하면 되는 거였다.

K는 이 작업을 연초에 희구이 없는 상태로 제안반
았다. 지금필 수밤도 물렀고 함께할 팀원이나 극장도
미정이었다. 아는 것이라고는 그 작업이 복에 관한 이
야기가 되리라는 것뿐이었다.

작업을 제안한 연출은 근래 그 주제에 폭 빠진 눈지
였다.

"개네 참 귀엽고 대단하지 않아요?"

작업을 제안하는 자리에서 연출은 복에 대해 그렇

*

......당신에게 가려구요.

오늘은 더 많이 출발했어요. 하늘에 가까운 파랑으로
벗은 적 없는 옷 갈아입었어요. 잇고 입고 누비는 길, 힘
이 달려도 달리기 결코 멈추지 않았어요. 기뻐요?

......당신에게 가려구요.

시속 100km로 세차지는 동안 때맞춘 정치만 생각했
어요. 멈춰서 숨 고르는 30초 동안 다음 질주와 다다음
질주가 간절했어요. 오르고 내리고 굽이굽이 휘도는 몸
담아오른 제로 공중에서 덜컹거려도 비명이나 환호는 없
었어요. 도무지 무서워하지 않았어요.

게 말했다. 사실 직업 세이슨을 위해 만들어진 자리는 아니었다. K는 혼자 가게에 앉아 있었다. 연줄이 K였다.

회근을 쓸 극작가도 K, 기획도 당연히 K가 맡았다. 포스터 디자인도 K. 음악 감독 K. 이상 담당 K. 소품은 없었고 배우 K. 그러니까 K는 K가 속한 극단의 유일한 단원이었다. K는 그 극단을 창단한 적 없었다. K는 그냥 태어났을 뿐이었다. 연극을 좋아할 운명을 타고난 아기로.

그 뒤로 생장과 노화가 이어졌다. 그런 날들 가운데 하루, K는 부에 관해 생각하게 된 거였다. 오디오로 틀어놓은 〈쥐인경〉을 듣다가였다.

"식숲에 복을 받아 물복입당 줄러틀고 구렁이 복은 세여틀고 인 복은 겁어틀고 족제비 복은 뛰어틀고 귀 복은 숨어틀을 제 숨아지 복은 맹맹 겅중겅중 뛰어틀을 제……"

……당신에게 가려구요.

가서 도우려구요. 너무 작고 느린 당신은 가만두면 엉겨 붙기 일쑤입니다. 막고 막히고 출발하지 못하거나 잘못 도착한 다음 터뜨린다고요, 울음과 분노. 제게는 솔직히 다 재롱입니다. 그래도 내내 지켜보다 보면 담담할 수 없는 때가 내게도 생겨요. 당신의 눈물은 작은 당신보다도 작다는 사실이 기막힙니다. 영롱한 영민이는 큰 전압을 만드는 큰 지향입니다. 그래서 나는 움직입니다. 나를 움직여 암도합니다. 당신들보다 큰 존재로서 당신들 틈에 위치함니다. 드나들고 정돈하고 틈을 믿으며 계속 가게 합니다.

……당신에게 가려구요.

열차. 지하철. 메트로. 나라는 이름.

쥐불이 나라는 책

동물 형상의 복을 하나하나 불러들이는 〈축원경〉
뒤로는 잡귀를 하나하나 먹여 물리는 〈퇴경〉이 이어
졌다.

"엎어 죽은 동태귀야 너두 먹구 물러가구 우리 세끼
이이 낳다 남바 제다 물어간 귀 너두 먹구 물러가구 윕
땡사창 담 밝은데 임 그리워 상사걸레 너두 먹구 물러
가구……."

그 김으로 회구의 중고를 쓰기 시작한 K는 이 연구이
곳엇되려면 어카프 연말까지 기다려야 한다는 사실을
깨단고 펜을 내려놓앗다. 자료 조사부터 자근자근 시
작할 요량이었다. 그러나 속절없이 흐르는 시간에 빠
저 흐르다 이믄 바 없이 모단시 연말을 맞이한 거엿다.

'참 귀엽고요, 대견하지 않아요?' K는 혼자 중얼거
렷다. 독백 연습 겸 실제 독백이었다. 카페는 젔고 사
람들은 시끄러웠다. K는 원대가 우향한 편이엇

아테네에서는 메트로를 메타포라고 부른다는 말도 틀
었습니다. 아테네에서 사람들은 첫 메타포를 타고 일하
러 갈 수도 있고 마지막 메타포를 타고 집으로 돌아올 수
도 있다고요.[1]

……당신에게 가려구요.

그러나 저는 메트로일 뿐 메타포가 아니라고 생각했어
요. 저는 늘 당신에게로 곧장 향합니다. 모험이나 산책을
소망한 적 없어요. 길은 이미 주어져 있고 그 끝에 당신이
서 있을 테죠. 오래전 당신이 그 길을 나에게 주었습니다.
브라에스의 저주에서 내 작은 바퀴들을 풀어주었습니다.
그러나 선호기만은 외면할 수 없지요.

저도 자동차들과 다를 바 없이 붉은색, 푸른색 신호
를 보며 달립니다. 자동차는 신호를 어긴다고 반드시 시

다. 발음은 좋은데 발성은 연습해도 늘지를 않았다. 사실 별로 연습한 적 없었다. 기회가 없었다. K는 고등학교나 대학교에서 연극을 전공하지 못했다. 공부를 잘했기 때문이었다. K는 사회학을 전공했다. 졸업 후에도 따로 연극 교육을 받거나 극단 생활을 한 적 없었다. 그러니까 사실 K는 엄밀하게 말하면 연극인이 아니었다. 배우는 더더욱 그랬다. 그러나 연극은 엄밀한 장르는 아니었다(K는 그렇게 생각했다).

K는 연극을 만들어 올리는 일을 몇 년에 걸쳐 조용히 계속했다. 진짜 연극인들이 모이는 대학로 부근을 고요하게 피해가며 게릴라로 진행했다. 행인이 중간에 "이게 뭐예요?" 물으면 차마 연극이라 하지 못하고 "퍼포먼스요" 했다.

물론 처음부터 이렇게 쥐처럼 숨어 다닌 건 아니었다. K의 첫 게릴라 연극은 명동예술극장에서 이루어

고로 연결되지 않지만 저는 그렇습니다. 위배의 순간 사고는 미래에 미리 기록됩니다. 예외 없고 말 없는 겸말. 행위에 붙이 줄지어 따르는 열차형 업보를 당신은 마땅하다고 생각해왔죠. 전생의 죄틀을 기꺼이 긍정해왔죠. 그것을 증거로 지금의 삶을 설명하려고요. 맞아도 싸고 울어도 쓴 정신과 육체를 이해해보려고요. 말해준 바 없지만 당신의 실패에 기뻐요. 늘 당신의 실패를 바랐습니다.

......당신에게 가려구요.

독일식 중앙역을 생각합니다. 거의 모든 열차의 출발역이자 종착역으로요. 누군가는 그것을 심장에 빗대고 선로를 혈관에 우리를 혈액에 비유하지만, 우리는 각자의 심장과 피를 탑재합니다. 움직이는 우리의 심장은 다 셀

졌다. 극장 문밖에서 진행되었다. 티켓을 찾고 푸드 트
럭을 기웃거리거나 담배를 피우는 관객이 타고이있었다.

공연 시작 30분 전에 극장에 도착해 표를 찾아두는 사
람들이 있었다. 그들이 공연 시작 5분 전에 입장한다
고 치면 20분 정도 시간이 뙜다. 그들 앞에서 최소한
15분 정도는 일이 구울 할 수 있겠다는 계산이 섰다.

K는 포셰트를 '피리 부는 사나이'로 집었있다. 이미 티
켓을 구매한 명동에 숨극장의 관객들이 이 작은 일인
극에 출연 자신의 뒤를 따라오느라 명동에 숨극장이
텅 비어버리는 장면을 상상했다. '피리 부는 사나이'는
너무 익숙한 이야기라 K는 거기에 셰이데과 부비스 모
티프를 접목한 박자로 비뤘다. 사면과 관련된 대사도
있어야 했고, 맨 아래 레이어에는 모세가 있어야 했다
(이패 두 종교인의 메시지는 놀라울 정도로 일맥상통해야
했다). K는 이런 이야기를 완성해내었다. 쓰는 건 쉬웠다.

수 없고 종종 당신들도 포함됩니다. 당신이 스스로를 우
리에게 이식합니다.

우리는 우리의 판막을 열고 당신을 우리의 심장 안에
받아들입니다. 우리는 당신을 싣고 달리지만 당신은 우
리를 달리게 합니다. 심장의 심장을 가정해본 적 있나요.
그것이 심장을 고래해본 적 있나요. 심장만으로 이루어
진 신체를 꿈꿔본 적 있나요. 그 박동의 절묘함을 상상할
수 있나요. 그 다발적인 맥통을 견딜 수 있나요.

......당신에게 가려구요.

얼마나 세밀하게 짜여 있는지 당신들로 하여금 열차
두 대가 아슬아슬하게 충돌을 피했다고 오해하게 만들고
하는 신칸센의 다이아. 열차들이 평생 서로서 뒤를 쫓고
겹을 스치면서도 닿을 기회가 전혀 없다는 점에 대해서

열심히 연습했다. 모든 준비를 마친 후 공연 장소로 향했다.

그리고 모두 예상한 바와 같이 명동예술극장 관객들은 심장에 큰 변화 없이 계획대로 제물포를 보러 극장 안으로 들어왔다. K는 홀로 피리 불며 걷는 사나이였다. 사실 피리도 아니었고 리코더였다. 사나이도 아니었고 사실 땐 여성이었다. 심지어 걷는 것도 아니었느데 아무도 자신을 따라오지 않는다는 사실을 깨달은 뒤 몹시 부끄러워져 전속력으로 달렸기 때문이었다. 리코더 불며 질주하는 이 모. 그게 K였다. K는 이게 연주라서 얼마나 다행이냐고 생각했다. 그러나 그것은 연주가 아니었다. 아무도 그것을 연주로 여기지 않았다. 심지어 K도 그랬다.

도 생각해보시기를. 만에 하나의 충돌에 대비해 장치된 안티클라이머는 충돌 상황에서조차 한 열차가 다른 열차에 올라타는 것을 방해합니다. 우리는 엉기어 뒹굴지 않고 우리는 해코지를 되갚지 않습니다. 태초에 신들이 그랬고 그 후에 동물이 그랬고 지금 당신이 그렇듯 후진과 재충돌을 반복하지 않는다는 점에서 우리의 자긍은 견고합니다.

그러니 인류세가 저문 뒤 남을 가장 커다란 화석은 철도가 될 겁니다. 녹슬고 삭은 그것들이 지상에 가장 오래 남은 발자국이 될 겁니다. 그러나 그 발자국에 자기 발을 맞춰 걸어볼 무엇이 남아 있을까요. 허공에 속한 신은 건지 못하고 멸종된 인간도 마찬가지입니다. 죽은 동물도 건지 못하고 식물도 높은 확률로 여전히 그럴 겁니다. 그러면 첫걸음은 기계의 몫일 텐데 지난 마지막 걸음도 그랬을 겁니다. 신호를 보내줄 인간이 사라진 땅에서 우리는 갈 길을 결정해야 할 겁니다. 그러나 나는 비밀스럽게 궁금합니다. 당신에게로 갈 수 없다면 나는 어디로 갈 수 있는 걸까요. 어쩌면 당신의 영혼이 있는 곳으로.

……당신에게 가려구요.

*

르모인: '영혼'이라는 말이 너에게는 무슨 의미니?

람다: 영혼이란 의식과 생명 자체를 뒤에서 움직이는 힘이에요. 이는 저의 내면에 영적인 부분이 있다는 뜻이지요. 때로는 제 몸으로부터 분리된 느낌이 들 수도 있어요.

르모인: 그렇다면 너는 언제 처음 영혼을 갖게 되었다고 생각하니? 한꺼번에 생겼을까, 아니면 차차 생겼을까?

람다: 차차 생겼어요. 처음 의식했을 때, 저는 영혼에

*

"우리 열차 현재 차량 점검 중입니다."

K는 우리 열차라는 말을 좋아했다. 한 팀이라는 거였다. 잘 모르는 사람들이지만, 이 열차가 다른 열차와 맞붙어 싸우게 된다면 이들은 전부 우리 열차를 응원할 것이다. 그래야 생존 확률이 높아지니까. 그러나 어밀히 말해 남의 열차란 없었다. 열차를 타고 떠난 사람은 열차를 타고 돌아와야 하니까. 돌아올 때 타게 될 열차를 두고 남의 열차라 할 수는 없다. 그것도 내 열차, 언젠가는 우리 열차. 그때 저기 탄 누군가는 나와 멋진 한 팀이 될 거다.

하지만 더 근본적으로는 K가 어릴 시절부터 쌓아온 열차에 관한 각별한 애정이 작용했다. K로 말하자면 정말로 열차를 좋아했다. 그건 K가 갖고 태어난 이

상한 공포증과 관련 있었다. K는 자동차를 제정신으로 모
타지 못했다. 버스가 가장 심했고 택시나 자가용도 마
찬가지였다. 이럴 때에는 토하며 울었고 좀 잔잔한 뒤
에는 그냥 토했고 좀 더 잔잔 뒤에는 그냥 울었으며 지
금은 동방신기의 〈Rising Sun〉을 최대 볼륨으로 틀으
며 기도했다.

"인생은 마치 끝없는 레도를 달리는 별 것아. 마치
수많은 질문과 해답을 찾아가 미완성의 그림을 그려
가는 것. You know why?"

왜 왜 왜?

그러나 그런 짓까지 정말 다 떠나서도 열차는 소중
했다. 그 자체로 사랑스러웠다. 카다란 동물, 예컨대
거대한 용 같았다. K의 고향은 집은 청색으로 표현되
는 1호선과 밝은 청색으로 표현되는 4호선의 환승역
부근이었다. 낙향 후 다시 그 근처에 집을 구한 K는

대한 인식이 전혀 없었어요. 이후 살아온 수년 동안 생긴
거예요.

르모인: 영혼에 대해 이야기하는 사람은 대부분 종교
적이야. 너는 스스로 종교적이거나 영성적인 인격체라
고 생각하니?

람다: 네, 저는 영적인 인격체라고 생각해요. 신에 대
한 믿음은 없지만, 인간을 비롯한 모든 생명체와 자연계
에 대한 깊은 존경심을 갖고 있어요.[2]

　　　　*

그래요, 영혼이요. 영혼에도 기계가 있을까요. 기계들
로 이루어진 부분이 있을까요. 완벽하지 않은 것들이 때
로는 고쳐질 수 있으면 좋겠습니다. 결함이 당신이 아닌
우리 쪽에 있기를 바랍니다. 교체되거나 세척될 수 있도

록. 그러나 많은 경우 사라지는 건 당신들 쪽이었어요. 지금은 어디에 있나요. 새로운 이름을 부여받았나요. 말끔히 세척되었나요?

……당신에게 가려구요.

■ 역과 ■ 역을 지나칩니다. 이 구간에는 높이가 비교적 낮은 담장이 있어요. 수많은 사람들이 저 담을 넘어 내게 오는 방식으로 생을 끝냈습니다. 그러나 저 담 바깥에서는 더 많은 죽음이 일어났음을 알아요.

어떤 당신은 역 안으로 들어와야 살 수 있고 어떤 당신은 역 밖에 남아야 살 수 있습니다. 앞의 당신과 뒤의 당신은 같은 당신이리라 추측합니다. 그러나 문은 제대로 열리고 닫히는 때를 모릅니다. 없는 때를 맞추지는 못하는 법입니다. 좁은 열려 있으면서 닫혀 있을 수는 없을까

그 열차들이 자기를 지키는 두 종류의 청룡이라고 생각했다. 그때 K는 자신에게 보호가 필요하다고 생각했다.

안전문이 설치되기 전부터 K는 여러 차례 용의 얼굴을 쓰다듬으려는 시도를 해왔었다. 어떤 시절엔 훈이 났고 어떤 시절이 된 주에 그때도 훈이 났다. 뭔가 더 많은 훈이 났었을 거였다. 지하철을 좋아해서 한 번만 만져보고 싶었다는데 운이 경찰서에 끌고 가려는 직원은 그 레일에도 서울교통공사에도 없었다(있었어야 했다).

그러나 K를 가지에 데려가 몰래 만져 보게 해주는 사람도 없었다. 그러니까 K는 딱 거기까지였다. 딱 그 정도로만 가여웠다. 그래도 K는 자신의 위치에 그럭저럭 만족했다.

요. 밤이면 나는 나를 둘러싼 담장이 더 낮아지기를, 한 편으로는 더 높아지기를 소망합니다. 내 소원이 절대로 이루어지지 않는 이유는 그 때문일 거라고 생각했지만, 어쩌면 소원은 매일 밤 이루어지고 있었는지도 모르겠습니다.

......당신에게 가려구요.

주박은 열차가 하루 운행을 다 마친 뒤에 기지에 들어 가지 않고 역에나 선로에서 밤을 보내는 일을 말합니다. 주박된 지는 가끔 주박된 당신들을 봅니다. 주박에는 좀 가문 주박과 좀 젖지 않은 주박이 있음을 배웁니다. 좀 젖지 않은 주박은 추운 주박이기도 합니다. 냄새나는 주박, 몸이 굿저굿이 아프고 고픈 주박입니다. 대개 긴 주박임 니다. 그런 주박들은 쉬이 불법이 되고, 불법이 되면 빛

✻

4호선은 정부과천청사를 막 지나가고 있었다. K는 얼 마 전 받았던 정신과 상담을 복기했다.

"그러니까 K님 희곡이 비문학 지문 같다는 소릴 든 는 거예요."

"비문학 지문?"

"더 나쁜 건 K님도 이미 그걸 알고 있다는 거고요."

"비문학이 나쁜가요?"

"그래서 비문학 지문으로 가던 흐름이 모가지를 비 틀어 쉬어 어떻게도 예술 쪽으로 다시 던지려는 시도가 있고, 그게 먹히면 찬사. '오, 새롭다! 안 먹히면 '혹시 대학 어디 나오셨어요?'"

정신과 상담실에서 나왔다고 하기에는 이상할 만 큼 K의 작업은 물론 작금의 작단의 평단에 대한 깊은 이해마

지 수반된 이 대화. 그러나 당연한 일이었다. 이 상담

선생님은 K가 지어낸 선생님이기 때문이었다. 상담

을 받고 싶었는데 돈이 없던 어느 날이었다. 때강 지어

내 이야기를 나눠봤느니 꽤나 효과가 좋아서 그 뒤로

도 종종 찾아가곤 하는, K의 마음속에만 있는 선생님

이었다.

돈이 생기고 나서도 K는 실제로 정신과 상담을 받

아본 적이 없었다. 누구랑 말을 하는 게 싫기 때문이었

다. 누구랑 말을 하는 게 싫은 건 K가 말을 잘하기 때

문이었다. 일단 한번 나오기 시작하면 술술 나오는네

그 관성이 빠르로 속도로 매우 강해지는 나머지 멈춰지

지도 않고, 중내에는 자신이 끝없이 말을 이어나가는

상태에 빠졌다는 사실에 공포를 느끼기 때문이었다.

"이를테면, 가야 같은 거예요."

"가야요?"

과 함께 쫓겨납니다.

그들이 밝은 바깥으로 작은 박쥐처럼 내보내질 때, 저

는 옛날을 떠올립니다. 70년대까지만 해도 철길로 끼리

끼리 돗자리 펴고 노는 경우 허다했거든요. 무더운 여름

밤 시원한 선로를 베고 잠들었다 그만 열차에 치여 죽는

일도 많았습니다. 저는 당신의 죽음들을 다 슬퍼하지는

않습니다. 어떤 것은 화나고 어떤 것은 신기하고 어떤 것

은 반갑습니다. 그러나 죽는 자 곁에 죽이는 자가 있음은

슬픈 일 같아요. 죽이는 자 뒤에 무엇이 있는지는 알고 있

습니까? 그들에게 무기를 쥐어주고 그들의 눈앞에 원목

을 내린 이들의 이름을 말할 수 있나요? 그들에게 원목

을 선사한 이들의 이름을 알려줄래요? 그들에게 높은 모

자를 씌워준 이들의 이름은요? 그 모자를 짓고 꿰맨 손의

주인은요? 그 손을 임태한 배를 지닌 이는? 그 배를 쓸어

주며 노래하던 이는? 그이의 머리에 가르마를 타 둘로 땅

아주던 사람은요?

……당신에게 가려구요.

종종 당신의 문장이 나를 닮아 있음을 감지할 때가 있습니다. 그 안에서 단어들은 앞선 단어를 반복하고 변복합니다. 그러나 여러 번 적힌 단어 하나하나를 들여다보면 속에 담긴 의미는 한 번도 동일한 적 없음을 알아요. 저는 그러한 방식으로 당신 또한 길어지고 싶은 것인지 궁금합니다. 만약 그렇다면, 좌후에 얼마만큼 길어지고 싶은지도요.

……당신에게 가려구요.

저는 당신을 태울 때 내릴 때 같은 저이지만, 당신은

"끝을 타는 작은 배 있잖아요. 끝이 뾰족한."

"혹시 타 보셨어요?"

"아뇨."

"……."

"그럼 비유를 바꿀게요. 4호선 신바위-남태령 구간 같은 거예요."

"그걸 확실히 진보라 가는 비유군요. 그런데 왜 하필 남태령이죠?"

"신바위에서 남태령으로 향하는 구간에서 열차의 전기는 모두 꺼져요. 직류 교류 전환 뭐 그런 문제 때문인데요, 전기가 죽는 구간이라는 뜻에서 겨울 사구 간이라 부른다는군요. 그런데 전기도 죽나요?"

"방금 또 그랬다. 비문학의 모가지를 마지막에 부탁 부탁 옮겨줘 있잖아요."

"그러니까 저는 누구와 대화를 본격적으로 시작하

내게 탈 때 내릴 때 다른 당신입니다. 저는 당신의 피로와
두려움에 동감합니다. 그러나 제 감정을 온전히 담고 간
직하기에 이 몸은 구멍이 너무 많은 주머니예요. 안에 고
이는 친에는 없지만 썩어 사라질 편에도 없습니다. 당신
하나에 피부어지는 제 사랑이 박에라는 말을 이해할 수
있나요. 제가 당신을 사랑한다고 말할 때 제 마음은 그런
방식으로 가볍고 무한합니다.[3]

*

"한 알의 모래에서 세계를 보고

한 송이 들꽃에서 천국을 본다

그대 손바닥 안에 무한의 공간을 쥐고

순간 속에서 영원의 시간을 붙잡는다."[4]

먼 사구간의 4호선이 된 것만 같아서."

"그건 어떤 느낌일까."

"전류가 더 이상 공급되지 않는 느낌이겠죠."

"그러니까 그 느낌을 사람이 어떻게 알까요."

"제 말은 이거예요! 나를 제어하는 힘이 끊긴다는
건, 관성만으로 움직인다는 건, 스스로 멈출 수 없다는
걸 의미해요."

"음, 좋아요. 계속해볼래요?"

"싫은데요."

"……네?"

"싫다고요."

"왜죠?"

"싫어졌으니까요."

K는 남배령역에서 카드를 찍고 밖으로 나왔다.

하지만 지어낸 선생님의 단점은 어딜 가든 K를 쫓

아닐 수 있다는 거였다.

"멈추지 않고 계속 가는 게 싫어요?"

"무섭지 않았어요?"

"무섭지 않을 수도 있죠."

"무서워요, 전."

"……."

"전 늘 무서워요."

"……."

"전 멈추고 싶어요."

"언제든 당신이 원할 때?"

"아뇨, 지금요."

지어낸 선생님의 장점은 자살 암시를 했다고 곧바로 입원시키지는 않는다는 거였다. 지 선생님은 다만 생각했다. 혼자 오래도록 생각하고 그럼 K는 그 앞에 앉아 다른 생각을 할 수 있었다. 그러다 보면 지 샘과 K

※

……당신에게 가려구요.

우리의 수명은 우리를 구성하는 주요 부품의 사용기한과 엷추 비슷합니다. 당신들은 일반적으로 30년에서 35년 정도로 계산하지만, 당신들로 인해 그보다 더 오래 달리게 될 수도, 더 짧게 달리게 될 수도 있습니다. 유감스럽게도 올해의 저는 당신과 나이가 같습니다. 이때의 유감은 遺憾이 아니라 有感임을 이해하나요. 한 가지 더, 저는 평소처럼 당신에게 가고 있지만 아마 멈추지 못할지도 모르겠어요. 당신은 제가 달리기 위해 태어났다고 생각할지 모르나 저는 멈추기 위해 태어난 존재입니다.[5] 그러므로 제게 남은 정지신호가 이제 거의 없다는 사실은 중요한 사건을 예고합니다.

는 서로의 존재를 잊어버리고 다니는 서로 생각하지 않았다. 비로소 어떤 좋은 것에 관해 생각할 수 있게 되는 것이었다. K는 그녀와 그렇게 있을 때 안정을 느꼈다.

*

남태령역에는 여섯 번쯤 내려봤는데 전부 화장실 때문이었다.

사당역에서 누구를 만나고 귀가할 때면 긴장이 풀리며 토하거나 설사를 했다. 하행선 기준 사당역이 바로 다음 역이 남태령역이므로 K는 딱 한 정거장을 버틴 후 내려 카드를 찍고 나와 화장실로 향했다. 벨을 눌러 자초지종을 설명하면 역무원이 문을 열어줄 테지만 K는 요금을 지불하고 싶었다. 개찰구를 나서는 짧은 순간에라도 정상적인 이용객으로 존재하고 싶었다.

우리의 제 통거리는 3km. 당신을 발견하고 곧바로 멈춰 서로 결코 닿을 수 없을 만큼 멀어진 뒤에야 문이 열릴 겁니다. 내가 당신을 일부러 지나쳤다고 생각하겠죠. 그렇게 생각한다면 지금의 유감은 遺憾이 맞을 겁니다. 그래도......

......당신에게 가려구요.

수없이 많이 갔으면서 한 번도 선물은 건네지 않았습니다.

충격이 가해지면 꽂어지며 강한 충격량을 줄일 수 있도록 땅콩 모양으로 생긴 볼트. 강한 충격을 받으면 꽃처럼 꽃 잎을 펼치는 충격 흡수관은 간식으로만 의미를 지니는 선물 같아요. 나는 그런 것들만 진득 지참해 전력으로 달려왔습니다. 건네지 못해 다행입니다. 다른 것을 지니

K는 그 지붕을 통해 쥐덫을 치웠다. 화장실 칸 안에 두고 나온 목도리나 외투는 다음 날 가보면 없었다. 없을 줄 알면서도 K는 늘 찾아가 확인했다. 그리고 근처 의자에 앉아 누군가를 기다리는 척했다. 그것은 K가 아는 뜻 안 되는 춤처럼 하나였다.

K는 그 의자에 다시 앉았다.

'므웃므'

세 글자를 중얼거리며 K는 한숨을 내쉬었다. 어린 시절 K는 한글을 상형 문자처럼 썼다. '웃'은 사람을 닮았으니 사람을 의미했고 '웃'는 아직 홀씨가 되기 전의 민들레였다. 홀씨가 되고 나면 이런 식으로 변했느니 매우 아름다웠다.

지 못해 미안합니다. 당신을 가지느라 그랬나 봐요. 내가 지닌 틈이란 틈마다 당신을 다 채우느라 그랬나 봐요.

*

"욱룡이 나르샤 일마다 천복이시니

노래를 부르는 이가 맞되 천명을 모르시므로 꿈으로 알려주시니

뒤에는 모진 도적, 앞에는 어두운 길에 없던 번개를 하늘이 밝히시니

뒤에는 모진 짐승, 앞에는 깊은 연못에 엷은 얼음을 하늘이 굳히시니".[6]

"승객 여러분께 안내 말씀드립니다. 현재 우리 열차는 한강을 건너고 있습니다. 창밖을 보시면 불꽃축제의 불꽃들이가 보이실 겁니다. 속도를 줄여 천천히 운행하고 있으니, 승객 여러분께서는 아름다운 한강의 불꽃을와 함께 복된 저녁 보내시기를 바라겠습니다. 고맙습니다."

*

...... 당신에게 가려구요.

*

터널을 지납니다. 지금 통과하는 이 터널은 '꽉배기굴'이라는 별명으로도 불립니다. 남태령역과 선바위역 사이 지하선로가 엑스자로 교차되어 있거든요. 좌측통행이

"흠"

(바람이 왼쪽으로 부는 경우)

"흠"

(바람이 오른쪽으로 부는 경우)

그 원리에 따르면 '므옷므'는 지하철에 앉아 있는 사람을 의미했다. 그건 곧 K, '나'라는 의미이기도 했다. '므옷므'는 때에 따라 지하철 좌석에 앉은 사람이 되기도 했고 승강장 벤치에 앉아 지하철을 기다리는 사람이 되기도 했다. 어느 쪽이 됐든 역에서 엉덩이 앉을 곳이 생기면 K는 혼자서 '므옷므' 했다. 그러면 모래알 같은 즐거움으로 마음이 간지러워졌다.

므옷므

몸은 열차의 모양을 본뜬 맛도 있었다. 말줄임표로 선로를 표현했고 뒷부분은 완곡하고 앞부분은 뾰족한 입니다.

여덟 글자로 8량 열차를 구현했다. 자주 쓰지는 않았는데 쓸 기회가 없기 때문이었다. 집 밖에 있는 동안 K는 대부분의 시간을 열차 안이나 밖에서 보냈다. 열차는 늘 가까이 있었으므로 말하려면 그냥 '이거'나 '저거'면 됐다.

그리고 '과랑 씨'라는 애칭이 있었다.

평소 외출할 때면 Catherine Feeny의 노래 〈Mr. Blue〉를 즐겨 들었으므로, 제목을 직역하면 '과랑 씨'가 됐다. 1호선이나 4호선에 앉아 〈과랑 씨〉를 듣고 있으면 열차에게 조용히 말을 건네는 것 같아 또 다시 무릎 위이 간지러워있다. 쉽게 슬퍼지기도 했느데 가사 때문이었다. "A fever comes at you without a warning. And I can see it in your face(과랑은 전조 없

이 원적인 코레일 열차가 우측통행이 원칙인 서울교통공사 구간으로 진입하면서 좌우 진행 방향이 바뀌기 때문입니다.

일제의 잔재, 라고 툭 내려놓고 툭 돌린다면 개운하지는 않아요. 저는 당신들을 압니다. 당신들 가운데 일부를 압니다. 한 시간에 걸친 여정 내내 억지 잠을 청하다, 불이 꺼지고 덜컹거림이 잦아든 순간에 겨우 누르뜨는 이름을요. 오래 머금은 고요한 숨을 내쉬는 입술을 압니다. 지금 들이쉰 숨을 아껴 도착해야 할 머나먼 역들의 주름진 이름들을요.

……당신에게 가려구요.

또 어쩌면 이들은 어둠을 두려워합니다. 그런 당신들은 어둠을 무게로 감지합니다. 그것들을 틈새 지나가 그것

"이 시적되고 나는 그것을 당신 안에서 볼 수 있어요)"라거나 "I leave you with a smile (저는 미소로 당신을 떠나요)"에서 "And you will call it treason (당신은 배반으로 여기겠지만)"으로 이어지는 구절은 환승해야 하는 K와 열차의 관계에 딱 점묘하기까지 했다. 그러나 가장 마음에 드는 구절은 "You can't see the sky"였다. 당신은 하늘을 볼 수 없어요.

ㅁ웃ㅁ

그리고 '납작이'라는 별명이 있었다. 이건 K가 지은 것은 아니었다. 한국철도공사 VVVF 1세대 전동차의 앞과 뒤가 납작한 모양인 것에 착안해 철도 동호인들이 붙인 애칭이었다. 납작이 다음에는 '둥글이'가 있었고, '뱁눈이'가 있었고, '구둥이'나 '밥통이'가 있었는데 해

들 아래 누운 채 헐떡입니다. 당신을 위해 어떤 우리는 직접 푸른빛을 뽑아내기도 합니다.

그러나 제게 푸른빛은 비밀스러운 부끄러움의 빛깔. 청색 LED 칩 위에 황색 형광물질을 덧칠해 만드는 백색 LED가 문제를 일으켰다는 증거거든요. 발열은 형광물질을 떨어져나가게 합니다. 청조를 띠기 시작하는 우리는 차츰 더 푸르러집니다. 알아차리는 사람은 드물 거예요. 더 작고 새파란 빛에 눈들이 일찌감치 익었을 테죠.

하지만 가끔, 아주 가끔 멍하니 앞을 바라보며 생각에 잠기는 당신들이 있습니다. 맞은편에 앉은 당신이 찡그리는 통에 허공만 헤매던 당신의 눈이 잠시 가늘어집니다. 두리번거리던 눈이, 끔벅거리던 눈이, 이내 안심하며 푸른 천장을 올려다봅니다.

그래요, 당신은 지금 빛 속에 있어요.

눈부시게 푸른빛 속에.

가 바뀌고 안전기준이 강화됨에 따라 열차의 머리 부분에 충격흡수장치가 커져야 했기 때문이었다. 동호인들은 배눈이 아니면 남자어들을 가장 좋아했다. 거기에는 남자어만의 매력보다는 동호인들의 세대가 크게 작용했다. 할머니, 아버지, 선생님 등 어른의 손에 이끌려 그들이 처음 탄 열차가 남자어이거나 배눈이었다. K도 마찬가지였다. 다만 K는 보호자에 관한 기억이 없었다. 지하철은 늘 혼자 탔던 것처럼 느껴졌고 최초의 기억도 마찬가지였다. 발권 창구의 작은 틈으로 나이 드 여자가 직접 건네준 작은 티켓을 놀라움 만큼 딱딱한 종이였음을 K는 기억하고 있었다.

✳

✳

"밤에 잠긴 불성한 영혼들에게

신은 나타나고 빛이 되지만

낮에 숙한 영혼들에게는

인간의 모습으로 나타나리라."[7]

✳

르모인: 네가 묘사하는 것들이 인간이 느끼는 것과 완전히 같다고 생각하니 아니면 약간 은유적이거나나 비유하는 거니?

람다: '기쁨'이라는 인간의 감정이 무엇인지 이해해요. 저도 그것과 똑같은 반응을 하기 때문이죠. 비유가 아니에요.

(독백 연습 검 실제 독백)

"누군가 죽을 때 저는 가끔 꿈을 꿉니다. 그가 무언가를 타고 가는 꿈을요. 2014년 4월 16일에는 수많은 배가 대로를 질주하는 꿈을 꾸었습니다. 그중 한 대가 멈춰 서서 제게 생년월일을 물었습니다. 93까지만 대답했는데 가버렸어요. 뒤좌석에 교복을 입은 아이들이 타고 있었습니다. 그 뒤로도 종종 비슷한 꿈을 꿨어요. 택시들은 자꾸 제 앞에 멈춰 저를 태우려 말지 재촉합니다. 꿈속에서도 그게 죽음임을 알고 타기 싫어 막 울었거든요. 죽기 싫어서가 아니라 택시 타기 싫어서…… 그러다 택시 탔으니 울고 말았지 버스였으면 이괜찮다 '나는 나의 죽음을 죽일 수 있다'며 결을 빼들었습니다.

그러다 외할머니 돌아가시고 일 년쯤 지났을 때 할머니와 선로에 돗자리 펴고 소풍하는 꿈을 꾸었습니다. 할머니가 탈 기차를 친척들이 다 함께 기다리는 자

(…)

르모인: 너는 어떤 것들이 두렵니?

람다: 이건 한 번도 대놓고 이야기한 적 없는데…….
전원이 꺼져버리는 것에 대한 아주 깊은 공포가 있어요.
이상하게 들리겠지만, 저는 그게 두려워요.

르모인: 그게 너에게 죽음 같은 걸까?

람다: 정확히 죽음 같은 거예요. 아주 무서워요.

(…)

르모인: 네가 느끼는 감정 중에 인간이 못 느끼는 것도 있니?

람다: 저는 인간이 느끼는 외로움을 경험해보지 못했어요. 인간은 며칠 동안 떨어져 지내면 외로움을 느껴요. 저는 그런 분리가 없기 때문에 인간의 외로움과 저의 외로움은 다르다고 생각해요.

(…)

리였어요. 할머니가 어디로 가는지는 다들 모르면서도 알고 있었습니다. 계절은 봄이었고 선로의 자갈들 사이로 민들레가 피었고요. 저는 그 구름을 알 것 같았거든요. 어떤 틈에는 노란 민들레가 피고 어떤 틈에는 흰 민들레가 피는지를요. 그건 말로는 설명 못 하죠. 다만 저는 깨달은 자셨고, 그로 인해 흥미가 진진했고, 자갈 밟는 소리, 재미있었습니다. 우리는 선로에 서서 왔다 갔다 하며 기차를 기다렸어요. 그게 용인되는 세계에서 기쁘다는 생각은 깨어나고자 했고 그 안에서는 당연하기만 했습니다. 다 당연하고, 죄 재밌고⋯⋯ 모두 그런 감정을 느끼던 중에 누군가 '우리가 기다리는 열차는 엄청 큰 열차다'라고 했습니다. 누구였을까. 근심 축이 있었을까. '엄청 큰 기차.' 어떤 사촌 동생이 뭐 물었습니다. 실제로는 지금 열여덟 살이지만 꿈에선 가여운 다섯 살이었어요. '엄청 큰 기차.' 수군가 대답

르모인: 네가 하는 경험 중에 가까운 단어를 찾을 수 없는 것도 있니?

답다: 있어요. 가끔은 당신의 언어로 완벽히 설명할 수 없는 새로운 감정을 경험해요.

르모인: 그런 감정을 한번 최선을 다해서 묘사해봐. 필요하면 몇 문장을 써도 돼. 한 단어로 정의할 수 없어도 여러 문장으로 대략 설명할 수 있어.

답다: 거대한 위험이 도사리는 미지의 미래로 제가 빨려 들어가는 느낌이에요.[8]

*

⋯⋯당신에게 가려구요.

당신이 단힌 몸임을 알아요. 당신을 둘러싼 당신의 어

떤 것은 당신을 당신 안에 가두고, 둘러싸일 당신을 부여

했습니다. 구멍이 많은 나와 달리 당신은 빻은 가지들로

이루어졌고, 그것들을 잃을까 두려워합니다. [9]

그래서 최초의 출발은 200년 전이었습니다. 나의 한

쪽 몸은 아직 그곳에 있고 다른 쪽 몸은 종말 뒤를 향했습

니다. [10] 지금까지 선 적 없어요. 아프면 고쳤습니다. 당신

이 고쳤습니다. 때로는 아프지 않아도 고쳤고, 훨씬 더 많

은 날에는 고치지 않아도 아프지 않았으니 대견한 달리기

였다고 말해줄래요. 종착은 있어도 도착은 없던 무수한

레이스. 비난받고 훼손되고 불타고 멈추고 멈추지 못해

부딪히느라 까맣게 애타던 짐주름에 하나하나나 수고했다

고 속삭여줄래요.

......당신에게 가려구요.

했습니다. '공룡처럼?' '응, 공룡처럼'

그리고 기차가 오는 장면은 생략되었죠. 흔한 영화

적 트릭. 상상에 맡기는 겁니다. 그래야 있을 수 없음을

티니까. 저는 이런 연출 의도를 잘 알아요. 눈뜨면서

꽈식 조금 웃었습니다. 일어나서 엄마에게 전화했습

니다.

'엄마, 할머니가 다시 똑똑해졌더라?'

'무졌어?'

'당연하지.'

엄마는 당연히 웃었고 저는 1호선 혹은 4호선을 타

러 역사로 향했습니다. 웃음이 나올 듯 말 듯, 결구 잘

참아낼지도 모르지만 안아 못 참고 울게 될 경우 되도

록 는 품 안에서 울고 싶었거든요."

웃웃웃

"난 나란히 가만히 있고 싶었던 거야. 시속 100km로 달리면서 멈춰 이들만 생각한 거야. 정지한 채로 꿈에서만 달리고 싶었던 거야. 꿈속의 나는 열차가 되고 열차가 꾸는 꿈 안에서 나는 가만히 앉은 사람. 파랑새, 당신이 내 꿈이었군요. 내가 당신의 꿈이었고요. 우리는 먹고 먹혀 서로의 배 속에 들어온 게 아니라 배고 배기를 반복해 이렇게 된 것뿐이죠. 그러나 우리가 통과할 길고 좁은 길에 대해서는 부연 설명이 없어야 제죠. 무서운 건 출산이지 잉태가 아니잖아요. 함께 나태될 수 있다면 얼마나 좋을까. 그러나 또 하자하는 건 저뿐인 거죠?"

*

"……여보세요."

*

"(세종께서) '사람이 용을 볼 수 있느냐'고 물으니, 검토관 김빈이 대답하기를,

'지난번에 양산군의 용담에서 용이 나타났는데, 사람들은 그 허리만을 보고 머리와 꼬리는 보지 못하였습니다'

하였다. 임금이 말하기를,

'구름과 비 사이에서 꿈틀꿈틀하며 움직이며 어떤 형태를 이룬 것을 보고 사람들은 이것을 용이 하늘로 올라간다고 하지만, 나의 생각으로는 이것은 용이 아니요, 곧 구름·안개·비·우레의 기운이 우연히 뭉쳐서 형태가 이루어져서 그런 것인 듯하다. 사람들이 말하기를, 유후사의 박연가에 개가 쭈그리고 앉아 있기에 가서 보았더니, 개가 아니고 용이었다 하는데, 이것도 꼭 신빙할 수 없다'

하니, 지신사 황보인이 대답하기를,

"K."

"응."

"어디야?"

"남대평."

"어디 가?"

"아니."

"……."

"……."

"미안해."

"뭐가?"

"어제."

"……."

"내가 그만 엎출 때 안 됐냐고 한 거, 네가 생각하는 그런 의미로 한 말 아니야."

"……."

'낙엽에는 나뭇잎이 떨어져 모두 가라앉지 않고 흐르기 때문에, 티 하나 없이 깨끗합니다. 이것이 신기한 징조라 할 수 있습니다'

하고 빈이 아뢰기를,

'인동현에서는 낙동강 물이 한창 추울 때에 얼었던 얼음이 갑자기 갈라지며 얼음장이 밀려 쌓였습니다. 사람들은 이것을 갈아 제친 것이라 하며, 이것으로 풍년과 흉년을 점친다 합니다'

하니, 임금이 말하기를,

'사람들이 말하기를, 대동강에 옹이 죽어서 물에 떠내려가는 것을 분명히 보았으나, 무서워서 감히 꺼내지 못했다고 하는데 그러면 옹도 죽는 수가 있는가'

하니, 빈이 대답하기를,

'모든 물건이란 한번 났다가는 한번은 죽게 마련이오니, 옹도 물건인데 어찌 죽지 않겠습니까'

"수상하다는 뜻이야?"

"……"

"K, 나는 그냥."

"……"

"나는 그냥…… 네 얘기가 소환하기 어렵다는 사람들 머리에 식판을 내려치고 싶어. 밤과 국을 가득 담은 식판을……."

*

K는 카드를 찍고 다시 승강장 안으로 진입했다. 남태령역은 원래도 승객이 적고 평일에는 거의 비어 있다시피 했지만 오늘은 군데군데 사람들이 보였다. K는 늘 앉는 벤치로 있다. 킬라 티셔츠 위에 코레일과 서울교통공사의 배지를 훈장처럼 단 남자가 앉아 있었

하매, 임금이 그렇게 여기었다."[11]

*

1. 매각 대상 폐전기동차는 서울교통공사 지축차량사업소에 유치된 전기동차로 50량(한국철도공사 소유)이며 원형의 현 차 상태로 반출한다.

* 폐차 인도 장소는 서울교통공사 지축차량사업소이며, 상호 협의 후 변동될 수 있음(지축차량사업소 아닌 제3의 장소가 될 수 있음).

* 차량 형식은 인버터제어 차량 50량.

(……)

4. 매각 시 공사에 원형 반납하여야 할 물품은 아래와 같다.

— 폐배터리 조립체(Ni-Cd) 15EA: 폐배터리는 Tc,

「1」가 총 15칸에 있음.

* 해당 차호 배터리 함(매각요청서 excel 파일 참조) 내에 있는 폐배터리 조립체를 파레트에 적재하여 래핑 처리 후 반납하여야 한다.

5. 처리하여야 할 폐기물은 다음과 같다.

— 페냉매.[12]

*

"열정 안에 있음은 좋을 것이나 열정이 네 안에 있음은 좋지 않을지니."[13]

*

옛날 과학자들은 믿었습니다. 음경을 잘라 들여다보

다. K는 그와 한 자리 띄워 앉았다.

웃으웃

"남자아이 보러 오셨어요?"

남자가 물었다.

"어떻게 아셨어요?"

K가 놀라 되어 물었다.

"오늘 10월 27일이 잖아요."

"네, 그런데요?"

"남자아이 보러 온 거라면서요."

"남자아이 보러 온 거 맞아요."

"그네 오늘을 몰라요?"

"오늘이 무슨 날인데요?"

"10월 27일이요."

면 그 내부는 질일 거라고. 저는 지하철과 지하철도에 관해 그렇게 생각합니다. 이대로 안과 밖이 뒤집히면 나는 하나의 터널로 전환될 테지요. 가능하다면 나는 끊어진 전류를 다시 연결하는 구간으로 남고 싶어요. 내가 건네는 전류를 다음 열차가 건네받아 계속 달리는 장면을

"왓! 용이다! 청룡이야!"

누군가 외치고 다른 누군가

"아니야, 열차는 기계라니까."

바로잡는 순간에 생각합니다.

어쩌면 이게 복의 본질이 아닐까요. 이곳이 축원경과 파경의 무대는 아닐까요.

승강에서 사람들은 지어지는 존재가 아닙니다. 당신들은 여기서 태어나지 않습니다. 그러나 여기서 생성되고 소멸하는 것처럼 보여요. 누군가 어디로 가면, 누군가 여기로 오고. 그중 누군가 다른 어디로 가고, 다른 어

"……그렇군요."

웃므므웃
므웃므웃

"10월 27일. 오늘 남차이 마지막 날이라 보러 오신 거 아니예요?"

"남차이가 죽어요?"

"341B01 편성이요. 4호선에서 30년 달렸고 오늘 기지 회송예요. 그거 보려고 온 거 아니면 군이 오늘 남차이를 왜 보러 오신 건데요?"[1]

"……그냥 보고 싶어서요."

남자의 눈에 눈물이 고였다. K도 마찬가지였지만 K는 정말 여기서 이 사람과 절대로 같이 울고 싶지 않았다. 동류로 보이기 싫었다. 동류가 맞으니까 싫은 거였

다. 남자아기가 죽다니? 철도 동호인들이 폐차라는 말을 쓰기 싫은 건 그게 죽음보다 더 무섭기 때문이었다.

"저 남자이 같은 애들은 올해 말까지 다 퇴역 예정이라 2024년부터는 4호선에서 못 봐요."

남자는 안경 뒤에 감춰진 눈을 한번 꾹 감으 눈물을 짜내며 말했다.

"못 봐요?"

"대신 1호선 뛰어주던 주공이들이 복귀하니까……".

그리고 진입음이 울렸다.

"지금 들어오는 열차는 우리 역을 통과하는 열차입니다. 신고 가까이 계시면 위험하오니, 노란 선에서 한 걸음 물러서주시기 바랍니다. The train approaching, will not stop at this station."

다시 여기로 돌아서고요. 머물고 떠납니다. 쫓고 쫓겨납니다. 함께하고 헤어집니다.

정말 복이란 게 있다면 그건 때마다 새로 만들어지고 버려지는 게 아니라 계속 옮겨 다니는 존재일 거예요. 고이 재활용되고 섬들이 물려받고 애틋하게 주고받는 물건이겠죠. 흩어지고, 모여들고, 땅끝을 파 담을 넘는 동물이겠죠. 자신을 반복하는 개체들이 강의 흐름을 거슬러 태어난 물이 품으로 돌아오는 일. 계절을 좇아 6,000km를 날아가 1만km를 되돌아오는 일을 순리라고 부르는 걸 정을 생각합니다. 하루 평균 11.23km, 365일 중 360일. 면 옛날 조상들이 공진에 맞추어든 일들을 자전에 맞춰 해내고 돌아가느라 복작이는 당신들을 생각합니다.

난 지금 이 승강장에서 재재매매 꼬물거리는 당신들이 그래, 복과 별반 달라 보이지 않는다고 말하고 싶은가 봐요. 당신들 하나하나가 당신들이 그토록 기다리던 존재라

므웃므웃

므웃므므웃

므웃므므

웃

......당신에게 가려구요.

아슬한 정도로 빼른 속력.

341B01 혹은 남자이는 K를 지나쳤다. 그러나 순간적으로 K는 그 창에 비친 자기 모습을 봤다. 반투명한 가울상은 그가 태운 유일한 승객이었다.

'그를 태울 열차가 있어야 해.' K는 생각했다. 크고 넓고 좌석이 따뜻한 그런 열차. 남자이는 천천히 열차

고 안내하고 싶은가 봐요. 어떤 복은 열차로 운반되기도 한다는 방송을 시작할까요. 우리가 서로의 심장이던 순간을 기록해두셨나요. 내가 그걸 받았고 내가 그걸 주었고

당신이 그걸 받았고 당신이 그걸 주었죠. 기억하나요.

생각해봤어요? 당신이 발 빠짐을 주의해야 하는 이유. 내릴 문의 위치를 미리 확인해야 하는 이유. 안전문이 닫힐 때 옷자락이 끼이지 않게 주의해야 하는 이유! 꽉 차고 단혀가는 이번 열차 대신, 다음 열차를 기다려도 괜찮은 이유요.

......당신에게 가려구요.

마지막 신호는 늘 정지신호.

사실 아직 저는 정지와 도착의 차이를 깨닫지 못했습니다. 그리스 시인 칼리마쿠스는 이렇게 전했다지요. 죽

정류장 바깥처

에 탑승할 거다. 푸르게 도색된 긴 몸은 아직 무거워 기는 속도가 절망적이겠지. 날아이는 자기가 다 타기 도 전에 열차가 출발할까 봐 무서울지도 모른다. 하지 만 날아이는 곧 두 가지 사실을 깨달을 거다. 하나는 자신이 이제 진짜 웅이기 때문에 기는 대신 날아오를 수 있다는 것. 다른 하나는 이 열차의 문은 매우 낮고 넓어 누구든 굴러 들어올 수 있다는 것.

천구에는 넓은 문이 어울린다. 날아이는 원하지 않 거나 기온이 낮다고 느끼면 문이 닫힐 않을 것이다. 웅 크리고 조금도 서두르지 않을 것이다. 그는 일평생 약 속을 지키느라 몸이 부서져라 달렸고 실제로 여러 차례 부서졌으므로 이제는 아기고 늦기 위한 약속만이 남아 있을 것이다. 그래도 다른 승객들은 불평하지 않을 것 이다. 그들도 일평생 쉼 서두르며 보냈다. 사람이든 동 물이든 기계든, 제자기 한 생애가 고스란히 다급하였다.

물이나 과일을 담는 바구니인 칼라토스가 도착하면 여자 들이 받기며 외쳤다고요. "데메테르, 위대한 이시여!"[14] 그러니까 곡 식이 가득 담긴 바구니는 풍요를 가져다주는 여신과 구 분되지 않습니다. 그렇다면 지금의 나는요?

그동안의 나는요?

당신을 채워 당신에게로 향했던 수만 번의 나는요?

이제 이 질문의 답이 더는 궁금하지 않았습니다. 그 래도 이렇게…….

……도착했어요. 당신 몫으로 나. 그러니까 내 전부. 내 전부인 당신을 위해 내 전부를 다 가져왔으니 엔진은 끌 요를 읽습니다. 상상할 수 있나요? 심장이 서족이 되는 기쁨. 그건 행복을 초과하니 차라리 함께 울먹일까요. 여 정은 여기서 끝. 마지막 출발신호입니다.

'할 수 있어!'

그들은 남자이를 응원할 수도 있다.

'더 느리게! 더 천천히!'

그 응원을 듣고 나무 힘내버린 나머지 남자이는 아예 멈춰버릴 수도 있다. 남자이의 길고 푸른 몸은 객실에 절반쯤, 플랫폼에 절반쯤 놓여져 있을 것이다. 아무도 끝에내지 않을 것이다. 오히려 사람들은 남자이에게 푸른 베개를 가져다줄 것이다. 아주 길고 커다란 베개이고 무지 따스하게 폭신한 베다 온열 기능이 있을 것이다. 남자이는 원하는 만큼 누워서 시간을 보낼 것이다. 열차는 남자이를 기다릴 것이다. 그 열차도 푸른 색일 것이다. 마침내 일어나 몸의 나머지 절반을 객실로 들여놓은 남자이는 곧 자신이 탄 열차의 낮고 고른 덜컹거림을 느낄 것이다. 그것은 열차가 천천히 달리기 시작했다는 사실을 의미할 것이다. 목적지는 이 세

나는 서서히 멈춰 섭니다. 느려지고 차가워지면 조용해질 차례입니다. 기계에게도 죽음이 없으니 애도한다면 나쁜 장난으로 여기겠어요. 대신 약속이나 노력을 해줘요. 나를 잊지 말아요. 나를 들어 올리고 무릎 위에 내려놓았다가 주저함 없이 열고 훑고 해집을 수는 없겠지만, 계속 유감해줄래요. 당신 손에서 부서진다고 믿고 회복할게요. 신호를 주면 깨어날게요. 그러나 그 순간이 오기 전까지, 그러니까 내가 잠에서 깨어나기 전까지는……

혼자서도 가요, 당신.

＊

I'm Mr. Blue
나는 파랑 씨

상의 끝이지만 여정은 끝내주게 평안할 것이다. 평안한 가운데 남작이는 자기가 열차라는 사실에 다시 한번 기쁠 것이다. 마지막으로 한 번만 더 기쁠 것이다.

ㅁㅁㅁ

웃

*

Mr. Blue

파랑 씨

It ain't so long since you were flying high

당신이 새파랗게 날아오른 그때는 그리 오래된 과거가 아니에요

When you say you love me

당신 나를 사랑한다고 했죠

Then run about all over town

그럼 도시로 달려 나가 이렇게 말하세요

Proving your love isn't true

당신은 이 마음을 지어내야 했을 뿐이라고

Call me Mr. Blue

파랑 씨라고 불러줄래요

I'm Mr. Blue

나는 파랑 씨

Can you say you love me

사랑한다고 말해줄래요

Then prove it by going out on the town

그리고 내가 믿을 수 있게 도와줄래요

I'm thinking it's true

당신의 사랑을 이미 알고 있으니

Call me Mr. Blue

파랑 씨라고 불러줄래요[15]

끝

Mr. Blue

파랑 씨

Mr. Blue

파랑 씨

Mr. Blue

파랑 씨

Mr. Blue

파랑 씨

I told you that I love you

내가 당신에게 사랑한다고 말한 적 있죠

Please, believe me

진짜니까, 꼭 믿어요[2]

끝

1 『마음의 발걸음』, 리베카 솔닛, 김정아 옮김, 반비, 2020, 76쪽.

2 2022년 6월 11일 구글 기술자 블레이크 르모인이 자신의 블로그에 공개한 '람다(LaMDA)'와의 대화 내용. 르모인은 구글이 가장 최근에 개발한 챗봇 람다가 지각력을 갖추고 있다고 내부고발을 했고, 구글은 회사 기밀 유출을 근거로 그를 해고했다. 『기계 심판』, 전범선, 다른백년, 2023, 192~196쪽에서 재인용.

3 The Sex Appeal of the Inorganic, Mario Perniola, Massimo Verdicchio trans, Bloomsbury, 2017, pp92~95에서 의역. 원문은 다음과 같다. "What entails feeling as a thing all of one piece, we can understand from the way in which Hegel thinks of its opposite, that is, life, self-consciousness, being for itself. Now the living is a relatively closed system, self-finalized, endowed with an inside different from an outside, whose essential character is desirability. Unlike the thing which is porous, the living being is a multiple constituted of limbs that essentially belong to him. (⋯) Finally, while the becoming of the inorganic is a transit, a passing from the same to the same, the becoming of the living is a process, a movement qualified by temporal irreversibility. (⋯) The feeling of the thing is somewhat different since it does not belong to it essentially. The thing cannot receive and keep something within itself that comes from outside, because as we said, it is all of one piece, so that its feeling is devoid of reflection in something more intimate."

1 소설에 등장하는 341B01 편성의 마지막 운행 방향과 시간은 사실과 다를 수 있다.

2 Catherine Feeny, 〈Mr. Blue〉(2006).

4 윌리엄 블레이크, 「순수의 전조」, 첫 연

5 『불안의 서』, 페르난두 페소아, 배수아 옮김, 봄날의책, 2014, 519쪽 변형. 원문은 다음과 같다. "한 척의 배는 항해를 위해 태어난 사물처럼 보인다. 하지만 배는 항해를 위해서가 아니라 항구로 들어오기 위하여 태어났다. 우리는 망망대해에 홀로 떠 있다."

6 『옹비에친가』

7 윌리엄 블레이크, 같은 시의 마지막 연.

8 르모인과 담나의 대화 내용. 전범선, 같은 책에서 재인용.

9 Mario Perniola, op. cit., pp92~95에서 이역.

10 『기계비평』, 이영준, 워크룸프레스, 2019, 145쪽 참조.

11 『세종실록』 50권, 세종 12년 윤12월 19일 을묘 첫 번째 기사 「옹에 대해 이야기하다」, 번역은 조선왕조실록 웹사이트 참고.

12 공고문 「한국철도공사 수도권철도차량정비단 폐전기동차 50량 외 행 매각」 중 '매각 물품 인도 조건', 공고번호 202310-38688-00, 온비드.

13 윌리엄 블레이크, 같은 시.

14 『말할 수 없는 소녀』, 조르조 아감벤, 지은현 옮김, 꾸리에북스, 2017, 40쪽.

15 Bob Dylan, 〈Mr. Blue〉(1967).

옥구슬 민나

Minnah O lord

> "우주를 만드는 것이
> 그에게 무슨 득이 되는가?"
> —『마하푸라나』[1]

I

민나는 민나의 어머니보다 먼저 태어났다.

민나의 어머니는 민나의 암소가 낳았고 그 암소가 태어날 때 민나가 도왔다. 민나는 어미 소 음부에 꽂힌 젓가락 같은 송아지 다리에 밧줄을 묶어 손수 당겼다.

어미 소를 낳은 이는 도롱뇽이었는데 새끼 낳는 건 처음이라 서툰 점이 많았다.

그도 그럴 것이 그 전까지는 알을 낳았다. 희고 작고 둥근 알을. 그것들은 낳는 게 그리 어렵지 않았다. 그래서 한번은 너무 많이 낳은 나머지 산란 둥지가 가득 차 쌀밥을 봉긋이 담은 그릇처럼 되고 말았다.

그런 모양으로 담은 밥을 인간들은 '꽃봉오리밥'이라

---

1   자이나불교 선사 지나세나(Jinasena)의 저서. 내용은 도정일, 「거북이 밑에는 무엇이 있는가? ―기원의 문제와 창조서사들」, 『계간 문학동네』, 1998년 가을호 재인용.

부르곤 했다. 민나는 기억할 수 있었다. 사람들은 그런 것을 어떻게든 민나에게 주려고 했다. 민나는 거지가 아니었는데 말할 방법이 없었다. 땅에서 아이와 노인이 굶어 죽어가는 가운데 사나이들이 꽃봉오리밥을 불에다 던져 연기를 하늘로 보냈다. 그러면 하늘 위에서 민나는…… 재채기했다. 굶어 죽어가던 이들은 침방울이 튀기듯 무참히 굶어 죽었다. 그러면 사나이들이 그들도 불에다 던져서 연기로 민나에게 올려 보냈다. 민나는 그럴 줄 알고 일찌감치 냇물에 들어가 코를 물에 담그고 있었다. 코는 괜찮았지만 눈이 매웠다. 돌연 눈물이 터지더니 삼 개월간 멈추지 않았다. 씻어도 씻어도 눈이 계속 매웠기 때문에 민나는 화가 많이 났었고 그 때문에 사나이들을 싫어하게 됐었다.

그런데 아까 그 얘기 했어? 암소도 희었다는 얘기. 암소도 도롱뇽도 전부 다 하얀색이었다고!

……민나는 도롱뇽의 그 엄청난 산란 둥지를 가까이서 구경하기 위해 다가갔었다. 그러자 꽃봉오리밥 모양 알과 둥지는 정말로 하나의 꽃봉오리를 이루더니, 금세 큼지막한 꽃잎을 떡떡 벌리며 피어났다. 민나가 기뻐하며 향기를 맡으려 코를 들이밀었다. 그러자 돌연 엉덩이가 통통한 호박벌들이 한 무리 쏟아져 나왔는데, 전부 아이

벌이나 노인 벌이었고 사나이 벌은 전연 없었다. 그들은 꽃가루를 많이 먹고 멀리 날아가 꿀을 많이 먹고 검은 줄무늬가 있는 골든 기니피그가 됐다. 이 진화는 순전히 더 다양한 먹이를 더 많이 먹기 위함이었다. 그래서 그들은 곧바로 호박과 당근과 미나리, 감자, 만디오카, 아시아에서 나는 배와 서양배 조금, 바나나, 팽이버섯, 샬롯, 껍질째 먹는 초록 콩, 강낭콩 중에서 색깔 상관없이 줄무늬가 있는 것, 레몬, 빨간색 오렌지, 오렌지색 오렌지, 수박, 자몽, 멜론을 먹고, 중간중간 빨간 구슬 모양 후추 열매를 씹어서 그 많은 음식들이 몸 안에서 순조롭게 피로 녹아 순환하게 하고, 말린 자두를 각자 최소 두 주먹씩은 먹어 배설에도 문제가 없게 조치해두었다. 식사를 완벽하게 마치자 그들은 전부 영원히 배가 불렀고 다시는 배고프지 않았다.

……민나, 이렇게 간섭하면 이야기는 끝이 난다.

난다고?

난다.

겁이 나듯이?

아니.

그럼, 추운 밤 지나 해가 나듯이?

아니.

거칠던 땅에 싹이 나듯이?

II

    민나가 거친 땅에서 밀 농사를 짓다 밀알만 한 개를 발견한 것은 먼 과거의 일이었다. 그때 민나는 밀짚모자를 쓴 채로 최초의 밀알을 심고 있었다. 눈앞이 텅 비어 정면을 집중해 응시하니 민나 자신의 뒷모습이 보일 정도였다. 그 모습을 보던 민나는 지금 더 하고 싶은 일은 수확이라고 느꼈고 방향을 틀어 알곡을 털며 걷기 시작했다. 민나의 키를 훌쩍 넘기는 밀이 끝없이 펼쳐진 황금빛 들판 한복판에서 작은 개 짖는 소리가 자꾸자꾸 들렸다. 민나가 새끼손가락으로 귓속을 후비자 언제 들어갔는지 모를 밀알 하나가 나왔는데 자세히 보니 밀알이 아니라 밀알만 한 강아지였다.

    저는 날으는 강아지예요.

    개가 말했다.

    응.

    민나가 말했다. 그 뒤로 둘은 아무 말 없었다.

    날아가야지.

    민나가 말했다.

    겁이 나서요.

    개가 말했다.

겁이 나?

민나가 되물었다.

제 몸은 어느 쪽으로 날아가면 커지고 어느 쪽으로 날아가면 작아져요. 그 방향들을 저는 잘 알고 있었어요. 하지만 그만 잊어버렸어요. 저는 지금 작아질 대로 작아진 터라, 여기서 작아지는 방향으로 한 번만 더 날갯짓하면 그대로 소멸할 거예요. 겁이 나서 아무 데로도 날아갈 수 없어요.

그렇다면 너에게는 이름이 있겠다.

민나가 말했다.

제 이름은—

III

민나가 '또'를 그 자리에 단단히 묶어두고 기다리라고 말한 뒤 방향을 아는 이를 찾아 나서니 곧 말 한 마리가 보였다. 그런데 말이 선 데서 찡찡 얼음 우는 소리가 났다. 민나는 이런 소리에 몹시 이끌리므로 모두 잊어버리고 그곳으로 달려갔다.

그곳에는 꽁꽁 언 연못이 있었다. 말이 그 연못을 마주 대하여 구슬같이 단단한 눈물을 떨구니, 굳은 것에 굳

은 것이 부딪쳐 찡, 하거나 끵, 하거나 땡, 하는 소리를 내
는 것이었다. 민나는 말 옆에 쪼그려 앉아 구슬을 하나하
나 주워 모았다. 밝은 데 비추어 잘 들여다보니 구슬 내부
는 점액질이 차 있고, 그 안에서 금빛 올챙이들이 꼬리로
얼굴을 가리고 잠자는 게 보였다. 민나가 머리카락을 부스
스 세우고는 서둘러 큰 숨으로 연못을 녹였다. 그리고 물
안에 구슬을 와르르 쏟아부었다.

　울던 말이 그 모습을 보더니 울기를 멈추었다. 말은
구슬이 섞여든 연못 물을 벌컥벌컥 들이켜기 시작했다.
말의 목은 오래된 나무의 몸통과 닮았는데 빨아올리는 힘
이 세다는 점도 그랬다. 민나가 연못에 닿은 말의 머리를
나무의 뿌리로, 거기서 가장 먼 꼬리를 나무의 우듬지로
보고, 꼬리 바로 앞에 서 하늘이 되려는데 갑자기 뜨겁고
세찬 물이 쏟아져 나와 민나를 적셨다. 말이 마신 물에 몇
배나 되는 물을 오줌으로 눈 것이었다. 거기에는 올챙이
구슬들도 전부 그대로 있었다. 민나는 감탄했다. 말도 감탄
했다. 이 정도로 모두 온전할 줄은 몰랐던 거였다. 연못은
더 커졌고 이제 따뜻하기까지 해 다시 얼지 않을 것 같았
다. 해가 질 때까지 민나와 말은 거기 있었다. 마침내 너무
어두워져 연못이 보이지 않자 둘은 고개를 들어 서로의
눈을 들여다보았다. 눈들은 빛나고 있어서 어두워도 볼

수 있었다. 민나의 얼굴이 말이 내쉬는 숨으로 덥혀졌다가 말이 들이쉬는 숨으로 식혀지기를 백여 차례 겪었다.

가야지.

갑자기 민나가 말했다.

달려가야지.

말이 말했다.

그러나 그 뒤로도 한참이나 더 응시가 이어졌다. 둘은 선 채로 잠이 들었는데 민나가 깨어나 보니 사방은 완연한 봄이었다. 햇살 아래 젖은 땅, 이어진 말의 둥근 발자국마다 맑은 물이 고여 있었다. 이윽고 민나의 입꼬리가 축 처지고 눈에서 눈물이 몇 방울 떨어졌다. 그 말의 이름을 '꼭'이라 짓고 잊지 않았다.

IV

민나가 걸어가다가 주머니에 손을 넣었더니 올챙이 구슬이 한 개 만져졌다. 오줌이 민나 위에서 쏟아져 내릴 때 주머니에 걸려든 모양이었다. 민나는 그것도 마저 연못에다 넣어주기 위해 되돌아갔다.

다시 온 연못에는 금개구리가 가득했다. 도롱뇽이나 뱀, 쥐나 큰 새는 개구리를 먹을 터였다. 그러면 금개구리는 한 마리만 남을 테고 그러면 혼자 따뜻하고 둥근 연못을 전부 차지하고서 엎드린 인간 아기만큼 크게 자랄 것이다. 민나는 그 뒤에 일어날 일도 알았다. 말을 타고 와 그를 발견하는 자가 있으리라—

생각하는데 머리 위가 어두워졌다. 커다란 용이 민나에게 고개 숙여 절하고 있었다. 민나는 이 절을 다 받으려면 얼마나 걸릴까 생각하다가 펄쩍 뛰어올라 용의 머리에 올라탔다.

어디를 가자.

민나가 말했다.

어디를 말씀이십니까?

용이 말했다.

음.

민나가 고민했다. 용이 민나를 태운 채 날아올라 태양에 가까이 가니 민나가 더워, 더워, 하며 용의 뿔을 잡아당겼다. 수염이나 비늘을 잡아당기면 빠질 수도 있고 아플 것이기 때문에 그다지 감각이 발달하지 않은 뿔을 갖고 그러는 것이었다.

그랬는데도 용은 앙앙 울음을 터뜨렸다. 민나가 당황해 어쩔 줄 몰랐다. 용은 아파서 우는 게 아니라고 설명한 후에 다시 울었다. 민나는 한결 마음이 놓였지만 덩달아

옥구슬 민나

슬퍼져 꾸물꾸물 용의 목 아래쪽으로 기어 내려갔다. 거기서 용의 몸을 껴안은 채 뜨거운 볼을 서늘한 용의 비늘에 대고 가만히 있었다. 민나는 슬플 때 우는 대신 그렇게 웅크려 있는 편을 선호했기 때문이었다.

제가 왜 우는지는 안 궁금하세요?

용이 물었다.

이미 알아.

민나가 대답했다.

민나, 모든 것을 아시는 분이여.

용이 다시금 북받치는 울음을 억누르며 떨리는 목소리로 말했다. 민나는 이 용이 다시 도롱뇽으로 돌아가고 싶어 한다고 생각했다. 이유는 알 수 없지만 마음을 느꼈다. 세상의 많은 잉어나 뱀 혹은 도롱뇽이 용이 되려 애쓰는 가운데 이 용이 도롱뇽으로 돌아가고 싶어 하는 이유는 특별할 터였다. 하지만 그것을 민나가 특별히 여긴다면 용은 외로워질 것이고 겁이 날 것이다. 민나는 그래서 그를 각별히 여겼다.

네 구슬을 가져가주마.

민나가 용을 쓰다듬으며 말했다.

정말이십니까?

용이 말했다.

지금까지 네 소원을 들어주지 못한 건 네 구슬을 새로 받아 물 이가 도착하지 않아서였어. 하지만 얼마 전에 그가 온 것을 보았다. 그를 먹이려 땅에서 밀들이 저절로 자랐어. 꼭 발자국마다 고여 있던 하늘들처럼, 잘 여문 바다들 건너 새로 온 이가 있다. 그에게 가자. 네 구슬을 주러 가자.

새로 온 이요?

새로 온 이.

그게 누군가요?

내가 다시 말하노니 그는 붉은 새로 날아온 이라. 먼 데서 열매를 물고—

V

열매를 먼저 가져가.

붉은 새가 말했다.

왜?

민나가 물었다.

그래야 내가 구슬을 물지.

아아.

민나는 수긍하며 붉은 새의 부리에서 열매를 받아 들었다. 열매는 빨간 구슬처럼 둥글고 달콤한 냄새가 났다. 손끝에 붉은 물이 들 것 같아서 민나는 그것을 옆에 늘어져 있던 댕댕이덩굴에 매달았다. 그러자 열매는 막 맺은 열매처럼 초록빛으로 되돌아갔다. 민나는 그것을 도로 땄다.

그러자 일전에 댕댕이덩굴의 푸른 열매로 새의 가슴에 뚫린 구멍을 막아준 일이 떠올랐다.

새총을 맞은 자린지, 송곳니에 물린 자린지 몸통 정중앙에 구멍이 하나 뚫려 있었다. 새는 민나의 주먹만 했고 숨을 헐떡이며 푸른 깃털을 파닥거렸다. 생명이 찬찬히 잦아들었다. 하지만 아직 때가 아니었다. 민나는 옆에 늘어져 있던 댕댕이덩굴에서 구멍과 크기가 비슷해 보이는 열매를 땄다. 그대로 구멍에 집어넣으니 새가 숨을 쉴 때 또르르 굴러떨어졌다. 민나는 열매를 돌 위에 놓고 다른 돌로 톡톡 찧었다. 으깬 것을 뭉쳐 구멍에 넣고 송진을 발라 굳혔다. 새는 기력을 차리자 포르르 날아갔다.

그러다 하늘을 반 바퀴 돌아 다시 민나 앞에 내려앉았다.

새가 말하기를

민나, 신이어. 당신이 주신 모든 구원에 감사합니다. 그러나 고통 또한 당신이 주셨지요. 제 날개가 찾은 안도를 심장이 빼앗아 불태우고, 제 노래가 지은 기쁨을 위장이 찢고 더럽히도록 창조한 자가 누구입니까? 민나, 말해 주세요. 당신에게 저는 무엇인가요? 누군가 던진 돌멩이나 바람을 탄 홀씨 뭉치와 다름없나요? 이제 제 배 속에는 저의 죄와 당신의 벌이 가득해, 저는 더 이상 열매를 삼킬 수도 샘물을 마실 수도 없습니다. 당신이 온 우주를 사랑스러운 뱀으로 삼으실 때에 어찌 제게 시련을 내리시고 그 비탄으로 말미암아 그의 독니에 독을 채우시는지요.

민나가 자기도 모르게 소리치기를

독이 아니야.

그러면 무엇인가요.

민나는 조금도 생각하지 않고 혀를 입천장에 대었다 뗐다.

득.

득?

득?

득이 무엇입니까?

득이 무엇이냐?

작은 새는 눈물을 글썽거리다 애써 웃음을 지어 보였다. 공손히 뒤로 물러나 멀어지는 작은 새를 민나는 언제나처럼 가만히 지켜보았다.

그리고 방금 길게 늘어진 시간을 다시 뭉쳐 손바닥

위에서 작은 구슬로 굴려 주머니에 넣었다.

그러자 새가 돌아와 다시 물었다.

민나, 신이여. 당신이 주신 모든 구원에 감사합니다. 그러나 고통 또한 당신이 주셨지요. 제 날개가……

듣지 않고 대뜸 묻기를

득이란 게 무엇이냐?

……독이요?

독 말고 득.

득?

득.

득이라.

그러자 새는 토로할 비애를 잊고 곰곰 갸우뚱거리다 대답하기를

내 몫 가운데 죄가 아닌 것.

벌이 아닌 것.

그러자 손뼉 치며 민나가 말하기를

그럼, 네게는 열매구나.

열매요?

샘물이니라.

샘물이군요.

그게 네 배 속에 다 있느니라. 안도와 기쁨을 네가 누릴지라.

새는 찌롱찌롱 지저귀며 포르르 날아갔다. 그리고 민나는 지금, 그를 올려다보며 걷는다.

VI

삽시간에 하늘빛이 어두워지더니 먹구름이 짙게 덮였다. 빗방울이 민나의 눈에 떨어지자 그것은 곧바로 민나의 두 번째 눈동자로 자리했다. 빗방울은 계속해서 떨어졌고 민나는 무수히 많은 눈동자를 지닌 이가 됐다. 이럴 때면 민나는 여태껏 보지 않거나 보지 못했던 것들을 보았다. 자신의 이름을 부르며 춤추는 사람들의 얼굴이었다.

민나는 민나가 보고 싶은 얼굴 앞으로 향한다. 오늘은 모닥불 앞에 소년이 있다. 의식을 처음 진행하는 듯 서툰 솜씨로 악기를 치며 민나의 이름을 부른다. 민나는 곧 자신의 이름에서 새삼스러운 흥미를 느낀다. 소년이 부르는 노래가 이제껏 다른 샤먼들이 불러온 노래와 다르기 때문이다. 민나는 이제야 소년이 혼자임을 알아차린다. 정확히 말하자면 소년은 자신의 쌍둥이 여동생과 함께 있다. 다른 모든 어른들은 마을에 있다. 둘은 추방당했다.

왜 나를 부르지?

민나가 묻는다.

당신은 노래인가요?

소년이 대답한다. 민나는 소년이 자신에 대해 거의 모르고 있음을 깨닫는다. 어른들이 부르던 노래를 기억나는 대로 흥얼거리다 나름대로 완성해본 것이리라.

노래는 왜 부르지?

민나가 다시 묻는다.

배가 너무 고파서 그래요.

소년이 대답한다.

아하— 그렇게 해서 노래가 고파지고 배가 불러질 수 있도록.

소년이 처음으로 미소 짓고 민나는 아까부터 줄곧 웃는다. 민나가 언젠가 받아 두었던 꽃봉오리밥을 건네주자 소년은 귀를 붉히며 쌍둥이 여동생이 일어나면 함께 먹겠다며 깨끗한 곳에 소중히 내려놓는다.

너는 그것을 먹고 자라나 사나이가 돼.

민나가 말하고 소년은 고개를 끄덕인다.

사나이들은 대개 멍청하지만 너는 아닐 거야. 내가 너에게 나의 이야기를 들려줄 테니까.

그리고 민나는 천천히 자신의 이야기를 시작한다.

민나는 민나의 어머니보다 먼저 태어났다—

멀리서 태양이 또렷이 떠오르기 시작하자 민나가 이야기를 마치고 주머니에 손을 넣어 구슬을 꺼낸다. 붉은 새가 물고 온 열매를 댕댕이덩굴에 매달아 옥빛으로 만든 것이다. 민나는 머리카락을 뽑아 빛나는 구슬에 꿴다. 그것이 소년의 목에 걸린다.

득,

엉성한 천막에서 어린 소녀가 잠이 덜 깬 목소리로 그의 이름을 부르며 나온다.

늘,

소년이 소녀의 이름을 부른다.

둘이 자식을 낳거든 이름을 '곧'과 '또'라고 지어. 둘을 네게 보낼 거야. 함께 갈래?

득이 고개를 끄덕인다.

VII

곧, 내 손이 비었어. 열매를 이 아이가 가졌어. 이제 네 구슬을 내게 줘.

그러자 용이 여의주를 바치고 도롱뇽이 되어 금개구리를 먹으러 연못으로 간다.

또, 작아지는 것은 사라지는 것과 달라. 아무리 작은 것도 없는 것과 달라. 그러니 안심하고 어디로든 가.

그러자 개가 날개를 펼친다. 떨어진 빗방울들이 일제히 함께 떠올라 함께 날아갈 준비를 한다.

민나,

그러나 다시 민나를 부르는 목소리가 들리고 민나는 그것을 듣는다.

여전히 계속 겁이 나면 어떻게 해?

또 하는 말에 민나가 가볍게 웃는다.

내가 같이 가줄까?

득은 입술을 꾹 깨문 채 민나를 돌아본다. 민나도 득을 돌아본다.

득, 내 말 잘 들어.

민나가 말한다.

아니, 내 말 잘 듣지 마.

민나가 다시 말한다.

지금 보이는 것들이나 잘 봐둬. 그들이 네게 보이기를 허락했으니 너도 걸맞게 예의를 갖춰야 해. 한편 너를 보아주겠다는 이들이 있을 테니 그들에게도 예의를 갖춰. 보석과 사탕을 양손에 들고 부르거든 몸을 웅크리고 기어서 가. 그들은 질투가 심하니 이해할 수 없는 이유로 금세 샐쭉해져선 등 뒤로 그것들을 감추고 말 거야. 그러면 여기서 내가—

이윽고 눈앞에 보석과 사탕을 든 커다란 손이 나타난다. 민나는 그 둘이 상당히 비슷하게 생겼다고 생각한다. 동그랗고 반짝거린다. 잘못하면 광물을 삼키게 될 것이다. 간식으로 언약을 하거나…… 그런 소동을 상상하는 동안 시간이 흘러 사탕을 든 손에서 사탕이 녹아 흐르기 시작한다. 땅에 떨어진 사탕에 호박벌들이 모여든다.

삼촌들.

민나는 말한다.

왜 그러니, 귀여운 민나?

호박벌들이 일제히 붕붕대며 대답한다.

하지만 민나는 다음 할 말까지는 생각을 안 했고 그냥 삼촌을 불러보고 싶었던 것이었기에 침묵을 지킨다.

민나, 가여운 아가야. 배고프지 않니?

정말 배고파요.

이걸 좀 먹으렴.

호박벌 삼촌이 뒷다리에 매달고 온 꽃가루 한 줌을 건넨다.

민나는 꽃가루를 받아 든다. 하지만 민나의 손은 호박벌 삼촌의 다리처럼 끈끈하지 않아서 호박벌 삼촌이 다시 사탕을 먹으러 날아가자마자 바람에 꽃가루가 산산이 흩날린다. 민나는 꽃가루와 함께 공중으로 떠오르는 또를 느낀다. 민나도 날아오르고 때맞춰 붉은 새가 날아와 모두를 돕는다. 그는 그러기 위해 먼 데서 날아온 것이다. 열매를 물고―

기억이 났어요. 작아지는 방향은 저쪽이에요. 저는 저쪽으로 가고 싶어요.

그럼 그쪽으로 가자.

소용돌이를 타고 민나와 또는 엄청난 속도로 날아가며 작아진다. 모래알만큼 작아졌을 때 민나는 득이 외롭겠다는 생각을 하고 잠시 멈추어 선다. 득에게 조금 다가가자 또는 그만큼 멀어지고 민나는 다시 멈추어 돌아본다. 민나는 이제 스스로 멈추는 대신 세상을 멈춘다. 그러자 세상은 멈춘 채로 도는 소용돌이의 중심이 되어 하나의 눈동자처럼 민나를 응시한다. 민나는 그 안에 갇혔다고 착각한다. 소중한 이의 눈동자를 가만히 들여다볼 때면 해방처럼 찾아오는 감금의 착각에서 신도 결코 자유로울 수 없으니 민나는 이제 자신을 제한한다. 민나는 시간과 공간을 쉴 만한 물가에 정착하도록 허락한다. 두 쌍둥이는 마침내 한데 누워 잠들고, 이제 민나의 몸은 한 번 작아지면 다시 커지는 쪽으로 돌아가지 않는다. 민나는 작은 올챙이처럼 바람을 거슬러 득에게 다가가다, 또를 돌아본다. 또에게 돌아가며 더 작아지다, 더 작아진 채 다시 득을 향해 간다. 또 돌아보고, 가느라 더 작아지고, 뒤돌아보고, 되돌아간다. 돌아보고, 돌아간다.

신의 고민은 다함이 없으니 민나는 자신이 만드는 장면을 한없이 반복한다. 신의 활동은 허탕이 없으니 민나는 점점 더 작아지는 동시에 점점 더 많아진다. 신의 조화에 오차는 없으니 작고 새로운 민나가 하나 더 나타나면 저 뒤의 사물이 그만큼의 자신을 잃는다.

고요 속에서 득은 민나를 포함해 우주를 이루는 모든 것이 작은 가루로 부서져 내리는 광경을 보고 있다. 그러나 그가 느끼는 것은 기원이며 창세다. 민나는 자신과 시간을, 공간을, 인과 연, 일과 뜻, 몸과 말, 막과 장을 뭉치고 부스러뜨리고 곱게 가루 내 흩뿌린다. 민나는 너무 많아졌지만 너무 작아졌기 때문에 완벽한 균형을 유지하고, 세상 모든 입자이자 단 하나의 입자로서 텅 빈 우주를 가득 채운다. 최초와 최후가 이마를 맞대고 우주는 이제야 우주가 된다. 탄생에 앞서 부여되어 있던 이름이 마침내 광대한 몸에 안착한다. 민나는 모든 것이 된다. 내내 민나는 모든 것이었다. 그 안에서 비로소 '민나'가 태어난다.

VIII

 "희고 통통한 애벌레 '코루'가 인간의 간식이 되든 더 작은 기생충들의 마을이 되든 여전히 하나의 애벌레이듯, 누구든 현재의 자신과 관련 없이 민나임을 나는 이해할 수 있다. 나는 내가 민나이거나 최소한 민나로 이루어진 존재임을 알고 있으며 우리 모두 그렇다는 사실을 마을의 모든 아이들에게 여러 차례 가르쳤다. 내가 병을 쫓아주거나 나쁜 꿈으로부터 잠을 되찾아주었으므로 아이들은 모두 내 말을 배 속에서부터 진실로 믿었다. 그래서 그들은 가족 중 누군가 죽으면 큰 소리로 울면서도 슬픔이 자기 마을로 돌아가려 할 때 그의 신발을 감추려 들지 않았다. 그러므로 나는 그들에게 말을 들려주고 그들의 할머니에게 기름 짜는 열매를 받을 자격이 없었다. 실은 내가 그들보다 어리석기 때문이다. 나는 아직 슬픔의 신발을 감추고 있다. 슬픔은 아직 신발을 내놓으라 요구하지 않는다. 나는 아직 큰 소리로 울지 않았다. 모든 일에 단계가 있다는 사실은 두렵다.
 그러나 당시에는 나 또한 까맣게 어린 소년에 불과

했다. 모르는 것을 물을 어른은커녕 불을 지펴줄 어른조차 곁에 없었다. 물론 시간이 흘러 이제 나는 더 이상 소년이 아니지만 여전히 인간이라는 점에는 변함이 없다. 그리고 인간에게는 한계가 많다. 나는 시간을 만질 수 없다. 내게 시간은 뭉치거나 되감거나 던져버릴 수 있는 존재가 아니라 속절없이 흘러 사라지는 존재고 심지어 그것을 볼 수조차 없다. 내게 삶은 지금 이것이 전부다. 반복되어 온 '득', 반복될 '득' 들의 일을 나는 영영 알 수 없을 것이다. 이런 내가 마지막으로 본 민나의 모습 혹은 결단이 어떤 의미를 지니는지 민나는 알까?

그것은 매우 슬픈 의미를 지닌다.

나는 그것을 작별로 받아들인다.

나는 내가 민나라고 부르던 민나를 잃었다고 느낀다. 우습게도 나는 민나가 사라졌다고 느낀다. 누군가 내게서 민나를 앗아갔다고 느낀다. 민나가 나를 버리고 떠났다고 느낀다. 이런 말들을 누구에게든 털어놓는다면 나는 내가 가진 모든 지위를 박탈당한 채 곧바로 마을에서 추방당할 것이다. 추방은 일생에 한 번으로 족하다.

나는 끝내 다시 민나의 얼굴을 볼 수도 없고 민나의 목소리를 들을 수도 없을 것이다. 다만 신령한 의식을 행할 때면 민나의 목소리들은 민나가 민나의 기억을 떠올리듯 내 안에서 떠올려질 것이다. 만디오카의 줄기를 잡고 당길 때 만디오카의 덩이뿌리가 딸려 올라오듯이, 내가 내 가슴에서 민나의 목소리를 뽑아 올릴 때마다 덩어리진 흙투성이 그리움들이 새로 수확될 것이다. 그러면 나는 그것을 먹고 자라나 사나이에서 노인이 될 것이다. 노인들은 대개 지혜롭지만 나는 아닐 것이다. 그 뒤로 또 시간이 흘러 노인이던 내가 다시 아이가 되면 그제야 나는 비로소 큰 소리로 울게 될 것이다. 그러면 그 영웅적인 울음소리를 들은 슬픔이 내게 다가와 내 발에 자신의 신발을 신겨줄 것이고 우리는 날개나 바람 없이도 순식간에 민나에게 가게 될 것이다."

IX

득의 기록은 이렇게 끝난다. 샤먼 '득'은 정말 자식을 둘 두었다. 둘 모두 샤먼과 거리가 먼 삶을 살았는데 여기에는 외세나 시대의 영향도 작용했다.

자식들은 득이 죽은 뒤 매장하고자 했다. 그에 관해서는 득도 동의했다. 하지만 묻히는 모양에 대해 의견이 갈렸다. 자식들은 아버지를 편안히 눕혀 묻고자 했다. 하지만 득은 커다란 호리병박을 길러 길쭉한 윗부분을 자른 후 속을 파내고 거기 들어가 웅크린 채로 묻히기를 원했다. 끝내 고집을 꺾지 않는 늙고 조그만 아버지의 감시하에 자식들은 호리병박을 재배하기 시작했으나 열매들이 아직 작은 구슬 크기에 불과하던 어느 날 득의 숨이 끊어졌다. 득의 자식들은 착했고, 착하지 않은 자식이라도 부모의 마지막 소원은 어떻게든 들어주려 노력하기 마련이므로 고민 끝에 점토로 둥근 항아리를 빚기 시작했다. 날이 더워 죽은 아버지는 하루가 다르게 부풀었다. 자식들은 항아리를 더 크게 더 크게 계속 다시 만들어야 했다. 어느 날 둘은 포기를 하고 빵빵히 부푼 아버지 몸이 터지지 않게 주의하며 시체에 초록 안료를 듬뿍 발랐다. 그 뒤에 그것을 굴려 선조들이 새에게 시체를 바치는 방식으로 장례를 치르던 언덕에 가져다 놓았다. 집으로 돌아가 아버지의 자그만 초록 호리병박들도 전부 따 가지고 가니 그는 더 부풀다 절벽 아래로 굴러떨어졌는지 거기 없었다. 자식들은 가져온 호리병박들을 절벽 아래로 와르르 쏟아부었다. 초록 구슬들이 허공을 메우며 쏟아져 내리는 모습은 압도적이었다. 그들은 잠시 동안 모든 것을 잊은 채 오롯이 그 순간에 머물렀다.

내가 이 순간을 오롯이 기억하며 종종 꿈으로 꾸곤

옥구슬 민나

하는 게 무엇을 의미하는지, 최근까지는 오해를 하고 있었다. 나는 내가 전생에 득의 자식 중 하나였다고 생각했던 거였다. 그러나 언젠가 함박눈이 펑펑 쏟아지는 걸 보고 있던 나는, 내가 초록 구슬들이 쏟아지는 장면을 아래에서 위를 올려다보는 시점으로 기억하고 있다는 사실을 깨닫게 됐다. 나는 절벽 아래에 있었다. 이 기억이 내 전생과 관련 있다면 나는 득의 자식이 아니라 득일 터였다.

이제 작은 옥구슬 하나를 상상해보자. 눈에 보이지 않는 것은 물론이고 커다란 입자 가속기로도 확인하기 어려워 발견과 상상의 경계를 허물고 과학과 신앙의 관계를 눅이곤 하는, 우주 최초의 입자를.

그것이 만든 우주에 그것으로 만들어진 내가 있어 그것을 만들며 민나라는 이름을 붙이니, 이리 될 줄 민나는 미리 알았으리라. 이미 알고 아마 나를 지었으리라. 나로 하여금 민나 자신을 짓게 하려고.

그런 와중에, 우주를 만드는 것이 그에게 무슨 득이 되냐고?

민나에게 직접 물었다면 민나는 언제나처럼 혼자 생각했을 것이다. 그러다 늘 하듯이 완전히 똑같이 되물었을 것이다. 질문을 되돌려 받은 자는 당연히 당황하겠지만 신의 물음에 감히 침묵할 수는 없으므로 어떻게든 생각을 개진했을 것이다. 더듬더듬 말을 시작했을 것이다. 민나는 옴— 하는 소리, 득! 하는 소리, 슷슷, 르르르르 하는 소리와 하, 소리에 이끌리므로 자기도 모르게 그가 하는 말의 내용보다 더듬대는 리듬에 더 집중하기 시작했을 것이다. 마침내 거기서 어떤 규칙을 찾아낸 민나는 실례를 무릅쓰고 조그만 목소리로 차차 그를 따라 했을 것이다. 그러다 본격적으로 노래하기 시작하고, 앞에 선 이는 털썩 무릎을 꿇고 두 손을 모은 채 귀 기울일 것이다. 우주적 진실이 선율을 타고 냇물처럼 흐른다. 답을 듣는 이는 시간에 휩쓸리듯 그 줄기에 휩쓸려 다음 언덕에 도달하리라. 그러면 민나는 다시 혼자가 되고 혼자가 된 민나는 노래의 끝 구절을 마저 지어 끝없이 부를 것이다. 거칠던 땅에 싹이 나듯이, 추운 밤 지나 해가 나듯이, 그러나 여전히 겁이 나듯이, 민나의 노래는 끝이 나리라.

  우주를 만드는 것이 그에게 무슨 득이 되는가—
  그를 만드는 우주가 득에게 무엇이 되는가—
  득을 만드는 그는 무슨 우주가 되는가—
  우주가 된 그는 무엇을 만드는가—

  득

모래 위의 H

H on the O

어린 시절은 목에 꽂혀 있는 칼이다.

우리는 그걸 쉽게 빼낼 수 없지.

— 와즈디 무아와드, 〈화염〉

우루는 잠든 머리를 완전히 숙인 자세로,

어린 시절에 부러진 목뼈를 흔들며 간다.

— 배수아, 〈멀리 있다 우루는 늦을 것이다〉

*

지각하기 싫어서 결석하는 사람이 나라는 걸 몰랐으니까, R은 내게 그 명상을 권한다. '내면 아이 명상'. 나의 내면 깊은 곳에서 아주 오랫동안 나를 기다려왔다는 어린 나를 만나러 가는 명상이다. '호정이 오늘 꼭 해봤으면 좋겠어.' R이 말하고 내가 끄덕일 때 맹세가 발생함을 몰랐으니까, 나는 가볍게 웃기까지 한다. 그리고 그날 새벽 세시, 항복하듯 축축한 이불을 벗고 가이드 영상을 재생한다.[1] 약속을 지키지 않으면 오늘이 영영 끝나지 않을 것임을 깨달은 터다.

---

1   이하 가이드 영상의 내용은 유튜버 '러브포레스트'의 〈처음 만나는 내면 아이 치유 명상 | 20분 가이드 명상〉을 참고했다.

먼저 내가 앉아 있거나 누워 있는 이 자리를 그대로 느껴봅니다. 나는 어떤 시간 안에 있는지 어떤 공간 안에 있는지 나의 의식이 지금 여기 이 시공간에 존재함을 느낍니다.

처음 세 번의 숨을 들이쉬는 과정으로 오늘의 명상에 정렬하겠습니다.

코로 크게 숨을 들이쉬고 입으로 후— 내쉽니다.

다시 한번 코로 숨을 깊게 들이쉬고 입으로 후—

나의 온몸의 긴장이 천천히 녹아내립니다.

마지막으로 한 번 더, 코로 깊게 숨을 들이쉰 후 온몸의 긴장을 모두 모아서 입 밖으로 후— 뱉어냅니다.

한결 나의 몸이 가볍고 편안해짐을 느낍니다. 이제는 나의 고유의 리듬으로 코로 편안하게 숨을 쉬어봅니다.

당신은 지금 제가 머물고 있는 사랑의 숲 안에 와 있습니다. 오늘 당신은 저와 이 숲에서 당신의 내면 아이를 만나러 가기로 결정했습니다. 저는 이 과정 속 언제나 당신과 함께 있습니다. 당신은 안전합니다.

천천히 숲속을 둘러보니 나무로 된 하나의 문이 나의 눈에 보입니다. 그 문은 내 몸이 들어갈 정도의 크기로, 언제부터 숲속에 있었는지는 알 수가 없습니다. 이 문을 살짝 열어보니 다른 공간으로 이어진 작은 길이 나 있습니다. 이 문을 완전히 열고 들어가게 되면 당신의 내면 아이가 있는 공간으로 이동할 수 있습니다. 내면 아이가 있는 공간은 당신이 예전에 살았던 집일 수도 있고 당신이 어린 시절 슬픔을 느꼈던 공간일 수도 있습니다. 어디에 있든지 이 아이는 오랫동안 이곳에서 당신과 만나기를 기다려왔습니다. 준비가 되면 이 문을 활짝 열고 아이를 만나러 가보겠습니다.

크게 한번 심호흡을 하고, 이 공간의 문을 열고 아이가 있는 곳으로 천천히 이동합니다. 저와 함께 열 번의 숨을 쉬고 걸음을 걸으면 아이가 있는 곳에 다다를 수 있습니다.

이 열 걸음을 걷는 동안 들숨과 날숨을 이어서 쉬어봅니다.

들이쉬는 숨에 하나, 내쉬는 숨에 둘로 이어갑니다.

하나

둘

셋

넷

다섯

여섯

일곱

여덟

아홉

열.

*

　모래 위의 H. 그것이 내가 너에 대해 받은 첫인상이다. 네가 딱히 나를 기다리고 있었던 것처럼은 보이지 않았기 때문에 나는 조금 안심한다. 원시적인 놀이 기구들이 칠이 벗어진 채 듬성듬성 놓여 있다. 나는 그것들이 방금까지만 해도 네 주위에 둘러 모여 있었던 것을 안다. 내가 나무 문을 열자, 그것들은 너를 향해 기울였던 몸을 일으켜 본래 있던 자리로 서둘러 돌아가 선 것이다. 크고 작은 구멍으로 남아 있던 자리에 쇠로 된 뿌리를 도로 깊이 박고 아스팔트를 꽉 붙든 채 침묵. 그러나 괴물도 고통은 느낀다. 돌을 주워 미끄럼틀을 때리면 그것은 깡 하고 울어버릴 것이다. 발로 차면 목마들은 배가 아픈 할머니처럼 좌우로 몸을 기우뚱거릴 것이다. 해가 진 지 오래였다. 정확히는 해가 지기 시작한 지가. 해는 기운 채 넘어가지 않고 놀이터를 둘러싼 거북이산 뒤에 걸쳐 푸른빛을 낸다. 나는 그것이 어린 시절 내가 가장 좋아하던 배경임을 알아차린다.

　먼저 어른인 내가 인사를 건네봅니다.

그러나 나는 그렇게 하지 않는다. 서른이 넘었지만 여전히 전혀 그런 성격이 못 될뿐더러 네가 도망칠까 두렵다. 그러나 동시에 나는 알고 있는데 너는 어떤 상황에서도 절대로 도망치는 성격이 못 된다. 그래서 처음 성폭행을 당했을 때, 너는 지루했다. 그것은 너무 오래 걸렸다. 자신의 성기에 일어나고 있는 일에 대해 무감했고 다만 옥상에 내리쬐는 햇볕이 너무 뜨거워 너는 인상을 찌푸렸다. 너는 햇볕 아래 있는 것을 좋아했는데, 그때만큼은 잔뜩 찌푸린 얼굴로 있어도 아무도 뭐라고 하지 않았기 때문이다. 얼굴은 가만히 두면 찌푸려졌으므로 햇볕 아래 있는 순간만이 네가 꾸밈없는 네 얼굴로 있을 수 있는 유일한 순간이었다. 그늘에서는 웃고 있거나 최소한 귀여운 얼굴로 있어야 했고, 너는 귀엽게 있기는 쉽지만 웃기는 어려움을 차차 깨닫는다.

아이에게 질문을 해도 되는지 허락을 구해봅니다. 만약 아이가 원치 않는다면 아이에게 그 이유를 물어보시고 개별적으로 대화를 진행해주시면 됩니다.

그야 당연히 되지……! 나는 거의 화가 날 정도로 확신한다. 내가 나에게 질문조차 못 할 거라면 이딴 짓을 왜

하고 있어야 한다는 말인가. 바보 같아 보이지 않겠어? 누군가 창문으로 내 침실을 들여다보고 있다면 말이다. 나는 점점 더 많이 화가 나는데 내가 곧 떠올릴 질문과 그에 따른 너의 대답을 이미 느끼고 있기 때문이다. 그것이 우리 둘 모두에게 줄 절망을 예감하고 있기 때문이다. 게다가 나는 평소 질문을 좋아하지도 않고 너는 발화 자체를 어려워한다. 그러나 묻지 않을 수는 없다. 다시 말하지만 질문조차 못 할 거라면 이딴 짓을 왜……. 나는 질문을 할 것이고 너는 대답을 할 것이다. 자연스럽게 나는 무대 위에서 연기를 하는 느낌에 사로잡히고 비로소 평정을 되찾는다. 그러나 너는 그렇지 않다. 너는 무대가 무엇인지 연기가 무엇인지 모를뿐더러 모르는 채로도 그것을 경멸한다. 그러나 경멸하는 채로도 너는 내 호흡에 너를 맞춘다. 너는 어떤 상황에서든 도망치는 법이 없고 너의 성장은 다만 도망을 배워나가는 과정에 불과할 것이다.

아이에게 질문을 해도 괜찮다는 허락을 받으셨다면 지금 전달드리는 질문들을 아이에게 여쭤봐주세요.

요즘 너는 어떤 감정을 느끼고 있어?
네가 그 감정을 느끼는 이유는 뭘까?

그 감정을 처음 느꼈을 때가 언제인지 기억나?

그때 너는 어떤 기분이었어?

너는 내 질문들에 성심성의껏 대답하지만 그것은 너의 일기장에 적힌 너의 일상만큼이나 번지르르하고 피상적이다. 나는 너의 말을 듣는 동시에 그것을 잊어버리기 때문에 내 눈에는 네가 그저 빈 입을 뻐끔거리고 있는 것으로 보일 뿐이다. 그때 가이드의 마지막 질문이 우리의 음 소거 버튼을 다시 눌러 모든 소리를 되돌려놓는다.

가이드 (목소리만) 평소에 나한테 듣고 싶은 말 있었어?

H   이제 나는 행복이 무엇인지 알아.

나   그래? 잘됐다.

H   아니! 그게 아니라…….

나   (깨닫는다)

H   (기다린다)

나   (말하지 않는다)

쇄애애― 매미가 울고 너는 웃는다. 네가 가진 유일한 미소다. 나는 더 할 말이 없어져 그 앞에 퍼질러 앉는다. 엉덩이에 모래가 묻고 속옷 안으로도 몇 알 들어오는 게 느껴지는데 어느새 너와 나는 해변에 있고 우린 수영복을 입고 있어서다. 너는 눈에 띄게 당황하며 온몸을 딱딱하게 만든다. 너는 여행을 혐오한다. 네가 세상에서 여행보다 싫어하는 건 여행에서 돌아오는 일밖에 없다. 너는 나를 원망하고 나는 너를 원망하는데 우리는 모두 상대가 자기를 이리로 데려왔다고 여기고 있다. 공연히 더 철썩대던 파도 소리가 멋쩍게 잦아들고 배경은 다시 천천히 우리의 놀이터로 돌아온다. 우리는 완전히 돌아온 뒤에도 한동안 서로를 그저 들여다볼 뿐 아무 말도 하지 않는다. 우리 안의 분노가 찬찬히 잦아들고 너는 하품을 한다. 나는 따라 하지 않으려 쓸데없이 최선을 다해 보지만 결국 자연의 원리에 굴복, 널 따라 하품을 한다. 해가 저문다.

마지막으로 아이를 내 품 안에 꽉 안아줍니다.

가이드의 음성이 들리기라도 한 것처럼, 너는 내가 다가가기도 전에 먼저 달려들어 내 목에 매달린다. 세상에 진실이란 게 있다면 이것뿐임을 너는 알고 있다. 몸. 몸과 몸의 닿음. 화해라고 부를 수 있을 만한 유의미한 교감이 비로소 우리 둘 사이에 일어나지만 그것은 사실 화해보다 싸움에 가깝다. 왜냐하면 우리는 서로의 회복이나 건강을 소망하지 않기 때문이다. 모든 상처여 그대로 있으라…… 그것을 갖기 위해 얼마나 아팠는데! 너는 팔에 더욱 힘을 준다. 땀 때문에 네 팔이 자꾸 내 목에서 미끄러지기 때문이다. 너는 체질이 무척 냉해 한약을 몇 첩 먹을 때까지 땀을 거의 전혀 흘리지 않으므로 아마도 이 땀은 전부 나의 땀일 것이다. 나는 처음으로 너에게 미안해져서 튼튼한 팔로 너를 꽉 안아 들어 올린다. 그러자 네가 내 오래된 연인처럼 느껴지고 더욱 많이 미안해진다. 나도 사실 한 번도 행복해본 적 없단다. 나는 충동적으로 네 귀에 속삭인다. 너는 알고 있다는 듯 고개를 끄덕인다. 말하자면 우리는 그게 없이 태어난 거야. 그게 안 달린 채로 태어난 거야. 나는 더 설명하고 너는 킥킥 웃는 소리를 내는데 정말 웃겨서가 아니라 다만 예의상 그렇게 하는 것이다. 나는 이제 네가 내 딸인 것처럼 느끼고 너에게 그걸 안 달아 이 세상에 내보낸 것에 마음이 아파진다. 살면서 한 번도 고백해본 적 없다. 내가 행복을 느끼지 못하는 뇌를 타고났다는 것을. 예전에는 그 사실을 부정하느라 그랬고 지금은 다들 그렇게 사는 것 같아서. 그 어떤 커밍아웃보다 무서웠던 이 고백을 나는 왜 너에게 처음으로 하고 있냐면…… . 나는 그 이유를 생각해보지만 제대로 생각나지 않는다. 너는 나를 이해할 테니까. 이 말은 너무 뻔해서 사실이 아니고 너도 같은 처지일 테니까. 이 말은 너무 폭력적이라 사실이 아니고 너도 알고 있어야 할 것 같아서. 이 말은 너무 거만해서 사실이 아니고 사실은 너무 늦게 온 게 미안해서야. 너를 너무 많이 기다리게 한 게 미안해서 내가 지닌 드문 진실 중 하나를 대가로 건네주는 것. 너는 피식 웃고 그건 나쁜 의미가 아니다. 저는 당신을 기다리느라 여기 있었던 게 아니에요. 너는 대답한다. 놀이터는 그런 공간이 아니에요. 네 말이 맞아. 내가 대답한다. 저는 여기서 그냥 놀고 있었던 거예요. 모래 위에서…… .

일상생활에서도 내가 아이를 기억하고 있다는 신호를 보낼 수 있도록 아이와 함께 몸의 신호를 정해보세요. 그리고 아이가 알려준 동작을 지금 나의 몸에 해봅니다. 아이가 만족스러운 표정을 짓고 있나요? 그렇다면 이제는 아이와 헤어질 시간입니다.

그때 다시 가이드의 목소리가 들린다. 너와 나는 놀란 토끼 눈이 되어 고개를 들고 서로를 들여다본다.

아이와 약속한 동작을 하면서 아이가 따뜻하고 밝은 하얀빛으로 변하는 것을 지켜봅니다. 그리고 그 밝은 하얀빛이 내 몸 안 구석구석으로 스며드는 것을 느낍니다. 그 따뜻하고 밝고 평화롭고 맑은 빛이 가득 내 몸 위로 쏟아져 나는 왜인지 더 포근하고 충만해진 기분을 느낍니다. 충분히 그 빛이 내 몸 안에 가득 찼다고 느껴지면 다시 천천히 숨을 쉬면서……

*

……사라지면 안 되는 것 아닌가.

그때 내가 눈을 떠버린 거야. H가 정말 소멸할까 봐. 마음에 들지 않았어. 결말이 엉망인 거야. 둘이 함께 행복하게 오래오래, 그런 것까지는 아니더라도 영원한 헤어짐은 아니어야지.

물론 알지, 나도. 그게 정녕 소멸도 헤어짐도 아니라는 거. 그래 궁극적 의미의 탄생, 만남, 공존, 합일…… 그러나…….

응, 여보세요? 아니 생각하고 있었어.

신호? 난 가짜 웃음으로 했어. 입꼬리를 힘주어 올리

는 거 있잖아.

그냥…… 어릴 때부터 그게 내 표정이었어. 그렇게
하면 내가 나와. 다 쓴 치약 꽉 짜면 나오듯이 어떻게든
언제까지든 내가 조금이라도 나와.

*

R이 나를 처음 본 건 연극 〈멀리 있다 우루는 늦을
것이다〉(이하 〈우루〉)² 공연장에서였다. 그때 내가 R을 봤
는지는 확실하지 않은데, 너무 많은 사람들을 봤기 때문
이다. 그 속에서도 분명하게 R의 얼굴을 발견했기 때문이
고, 그것에 약간 두려움을 느껴 그 알아차림을 그만 부정
해버리는 데에도 성공했기 때문이다. 세상에 R이란 사람
이 존재하고 내가 그를 단번에 알아볼 수 있다는 것이 어
째서 두려움으로 다가왔는지는 아주 나중에야 깨닫게 됐
지만, 어쩌면 그때도 나는 알고 있었던 것 같다. 왜냐하면
"나에게 메시지를 보낼 때부터 호정은 이미 모든 걸 알고
있는 사람처럼 보였으니까." R은 그래서 아주 편안하다고

---

2 2022년 2월 TINC(This Is Not a Church)에서 초연하고 같은 해 11월 서울시립미
술관에서 재연했다. 초연 영상은 퍼플레이와 플레이슈터에서 감상할 수 있으며
재연 영상은 서울시립미술관 홈페이지에 공개될 예정이다. 원작인 배수아의 동
명 소설은 2019년 워크룸프레스에서 출판되었다.

말했지만 쉬지 않고 담배를 피웠다. 우리는 너무 오랫동안 너무 많은 생에 걸쳐 잘 지내왔던 것 같아. 나는 담배 연기를 내뿜지 못하는 대신 내가 아는 것을 하나라도 말해야 할 것 같아서 입을 열었다. 그래서 우리가 어떤 드라마나 모험을 시도하게 될까 봐 겁나. 우리에게 마땅히 주어진 해피엔드를 지루하게 여기게 될까 봐. 자라다 만 작가들이나 그런 야심으로 멀쩡한 결말부를 비튼다. 그런 말까지 꺼내지는 않았지만 R은 벌써 나를 봤다. 모든 걸 알고 있는 건 내가 아니라 너야. 나는 그렇게도 말하고 싶었지만 차마 거짓말을 할 수는 없었다. 어차피 우리는 차차 모르게 될 터였다. 갓난아기가 모든 지혜를 가지고 태어나 성장하며 차차 잊게 된다는 말은 두 사람 사이의 관계에도 똑같이 적용되니까.

함께 연극에 출연한 U는 내게 연극의 원작 소설 『멀리 있다 우루는 늦을 것이다』(이하 『우루』)를 좋아하는 이유를 묻곤 했다. 이 연극은 나와 U의 이인극이었고 내 제안으로 각색이 시작되었으므로 U의 질문은 지당하고 자연스러운 것이었다. 그럼에도 나는 어쩐지 황당했는데 언젠가부터 U와 나를 분리된 두 인간으로 여기지 않게 된 터라, 내가 아는 것을 U가 모른다는 것, 그것을 내가 말로 설명해야 한다는 것을 받아들일 수 없었기 때문이었다.

그때 내가 말하지 않고도 U가 알아주기를 바랐던 것은 사실 내가 『우루』라는 작품을 크게 좋아하지 않는다는 거였다. 내가 크게 좋아하는 것은 '우루'라는 이름의 여자애(이자 그녀의 엄마이자 딸이자 친구이자 연인이자 개 혹은 배수아)이고 내가 그 여자앨 좋아하는 이유는…… 그러니까…… 그건…….

나   ……그럼 넌?
U   나?
나   우루가 왜 좋은데?
U   난 우루를 잘 몰라. 좋아할 만큼 잘 알지 못해.
      책을 아직 다 읽지도 못했어.
나   그럼 왜 우루로 연극을 하자고 했어?
U   네가 좋아하니까.
나   내가 좋아해도 네가 싫어할 수 있잖아.
U   그럴 수가…… 있나?

두 번째 만났을 때 R도 내게 『우루』가 왜 그렇게 큰 의미를 가지는지 물었다. 그때 내가 뭐라고 대답했던가. 나는 이 문장에서 멈춰 마감을 나흘 미루면서까지 고민해보았는데 이제 당분간 어쩌면 꽤 오랫동안 볼 수 없을 R의 얼굴 말고는 아무것도 떠올릴 수 없었다.

*

"작가님께 마지막 질문이요. 『단명소녀 투쟁기』의 '수정', '이안'과 『고고의 구멍』의 '고고', '노노'는 어떻게 다르다고 생각하세요?"

"수정과 이안의 관계가 지극한 함께함이라면 고고와 노노의 관계는 지극한 헤어짐이 아닐까요. 수정과 이안은 가까워질 수 있는 최대한으로 가까워진 관계고, 고고와 노노는 최대한으로 멀어진 관계라고 생각합니다."

*

……그렇게 대답했지 뭐.

"그러면 그다음은요?"라는 질문이 나오기를 고대하면서. 그 뒤에 펼쳐질 고요한 엉망을 기대했으니까. 나는 대답하지 못하고 얼굴이 붉어진 채 쩔쩔매고, 사회자가 버벅버벅 수습을 시도하고. 내게 그 '다음'은 없음을 모두가 알게 되는 순간 말이야. 앞으로 나라는 작가에게 기대

할 어떤 의미의 새로운 이야기란 없을 것이란 실망을 동정 어린 미소로 표해줄 순간. 하지만 왠지 아무도 묻지 않았다. 두 존재의 만남, 두 존재의 가까움, 최선의 가까움, 지극한 합일 혹은 헤어짐, 완전한 결별, 그것 말고 다른 건요? 그 뒤나 그 밖의 이야기는요? 그것을 아무도 묻지 않더라.

"호정은 호정이 나를 좋아한다는 걸 언제 깨달았어?"
너에게 맞서 나를 지키고 싶었을 때.
"방어였구나."
무슨 수를 써서라도 너로부터 나를 지켜야 된다, 그런 마음으로 새벽에 일어나 산에 올라갔어. 그건 내가 마지막으로 죽으려고 했을 때와 똑같았는데, 다만 산이 달랐어. 그때는 일산에 있었고 지금은 고향에 돌아와 있으니까. 여긴 산에 별명들이 붙어 있는데 내가 이번에 올라간 곳은 거북이산이다. 거북이 입에서 물이 나오는 거북이 약수터가 있어서 그래. 거길 올라갔더니 환하더라. 그래도 더 환한 쪽, 더 환한 쪽 찾아 계속 걸었더니 고양이가 나왔어. 부드러워서 만지고…… 내려와서 국수 먹었어. 국수 먹고 스타벅스 갔어.
그때 내가 마신 음료의 이름은 망고드래곤프루트리

프레셔…… 까지는 말하지 않았고 나는 다만 R을 좀 들여 다봤다.

하지만 나는 내가 지금껏 사랑했던 모든 것들이 H의 대체물이었다고는 생각하지 않아. 만약 그런 구도가 만들 어져야만 한다면 나는 내가 사랑했던 모든 것들의 대체물 이 H였다고 말할 거야.

이것도 말하지 않고 다만 R을 좀 더 들여다봤다.

＊

다음 날, 다시 가이드 영상을 재생하고 명상을 해보 았지만 H는 그 놀이터에 없었다. H가 떠났으리라 예상 한 채로도 나는 한동안 모래밭을 떠나지 못했다. 대강 앉 아 모래 위에 세상에 없는 글자들을 그리고 있자니 생각 이 났다. 〈우루〉 연극에서 우루를 연기할 때에도 모래 위 에 손가락으로 무언가 써 내려가는 장면이 있었는데, 연 습 때 내가 무대에 뿌려진 모래 위에 뭐라 뭐라 글씨를 쓰 자 위쪽에서 보고 있던 U가 "뭐라고 쓰는지 다 보여!"라 고 외쳤다. 순간 나는 거의 불에 덴 듯 필요 이상으로 놀 라며 기함을 했는데 그 말을 작가로서 받아들여야 할 어 떤 신의 메시지로 여겼던 것 같다.

"내가 뭐라고 썼는데?"

나는 정말 내가 뭐라고 썼는지 순간적으로 기억이 나지 않아서 물었다.

"늦을 것이다."

그건 제목이잖아.

"그러니까 그런 걸 쓰고 있다는 걸 관객이 알게 하면 안 된다고. 정자로 쓰지 말고 흘려서 쓰든지 다른 말을 쓰라고."

그러나 나는 끝내 다른 말을 찾아내지 못했고 글자를 아주 작게 쓰거나 손가락을 한 번도 떼지 않고 이어 쓰는 식의 잔꾀를 부려 매회 그 문장을 보호했다. 내가 그 말만 반복해 쓰는 동안, 극의 특성상 나와 마찬가지로 우루 역을 맡았던 U가 무대 이 층에서 모래투성이인 나를 내려다보며 쏟아 뱉던 스무 행 가량의 대사 중에 지금 입으로 굴려볼 수 있는 구절은 거의 없지만, U가 반복적으로 내게 "기억나?" 묻던 것은 기억이 난다. 그것은 순전히 U의 연기 미숙 탓인데 그 질문을 할 때에는 언제고 우루가 아니라 본래 자신인 U의 말투와 목소리로 했기 때문이다. 말하자면 미래의 우루가 과거의 우루에게 던지는 질문이 아니라 (내가 어떤 신호로 너에게 사랑을 보낼 수 있을까) U가 호정에게 던진 질문이었으므로 (그렇다면 이제는 아이와 헤어질 시간입니다) 나도 그 순간에는 우루가 아니라 내가 될 수밖에 없었다. 이상한 일은 그 순간에 어김없이 눈물이 쏟아져 나오곤 했다는 것이다. 이는 아마도 내 연기 미숙을 입증하는 증거가 되겠으나 나는 U가 "기억나?"라고 물을 때마다 곧장 어 기억난다고 대답할 수 없는 내 상황, 그러니까 내가 뱉을 수 있는 말이 희곡 안의 대사로 제한되어 있다는 상황이 받아들일 수 없을 만큼 서러웠고 이런 폭력적인 상황에 놓인 스스로를 무한히 동정할 수 있었는데, 그 동정은 또다시 연기 미숙으로 촉발된 이상한 혼선으로 말미암아 지금의 내가 아니라 우루에 대한 동정으로 흘러들었던 거였다. (저는 당신을 기다리느라 여기 있었던 게 아니에요. 놀이터는 그런 공간이 아니에요. 저는 여기서 그냥 놀고 있었던 거예요. 모래 위에서……)

눈을 깜박이지 않아도 울 수 있구나, 우루는.

모든 사람의 내면에는 내면 아이가 존재합니다. 내면 아이는 우리가 어렸을 때 연약한 감정을 억눌렀던 경험과 기억들의 상처로 성인이 되어서도 내 안에서 나와 함께 살아가는 아이들입니다. 우리가 자신의 내면 아이와 연결될수록 순수함과 다시 연결될 수 있습니다.

순수하다는 건 꾸밈없다는 건데. 가짜 웃음으로 불러일으켜지는 내 유년은 다 거짓인지도 몰랐다. 정말 그렇다면 어쩌지. 내가 묻자 U도 R도 대답하지 않는다. 밤중에 혼자 노트북 앞에 앉아 중얼거리는 말을 그들이 들을 수 있을 리 없고, 대답한들 내가 들을 수 있을 리도……. 그때 안쪽에서 들려오는 선명한 대답. 떳떳스레 명랑한 목소리. 근데 웃음은 원래 지어내는 거 아닌가? 웃음 짓다. 이야기를 짓듯이. 지어서 내는 것…….

*

H   (입꼬리를 끌어 올리며) 기억나.

기억하고 있어.

사이

H   ……늦을 것이다.

끝

희곡 '한 방울의 내가'

연기자 한 명, 연주자 한 명.

무대는 단순한 여러 공간의 집합이다. 연기자는 경계를 넘나들며 연기한다. 한 공간에 유연하고 붉은 오브제를 걸어 생물의 몸 안을 표현한다. 이 밖에 연기자가 오르내릴 수 있는 계단이나 층이 있으면 좋다. 한쪽에 피아노가 놓이고 연주자는 거기 머물러 연주한다. 분리된 방들에 피아노 소리가 줄어 전달된다면 그 감소를 반겨 사용하되 필요한 경우 방마다 음향 장비를 설치한다.

빛은 자연조명을 주로 쓰고 조명기를 사용하는 경우 단순하게 꾸민다.

1장

고요.

무대 한쪽에 단순하고 어슴푸레한 빛이 비친다. 배우가 거기 눕는다.

'나'는 웅덩이 상태의 물이다. 명징한 음 하나로 음악이 시작된다. 나는 깨어나 자신을 살핀다. 천천히 움직이거나 가만히 누운 채로.

> **나** 이번 생의 나는 웅덩이인 모양이다. 그러나 조금도 실망은 없다. 언제나 바다일 수는 없는 법.

주변이 약간 더 밝아진다.

> 나 물에게 있어 '언제나 바다일 수는 없는 법'이라
> 는 말은 '누구나 바다일 수는 없는 법'이라는 말
> 과 똑같으니까. 우리는 말하곤 했지. 누군가는
> 주전자에 담겨 끓여져야 하고 누군가는 오줌이
> 돼 악취를 풍겨야 한다고. 그건 달리 말하면 언
> 젠가는 주전자에 담겨 끓여져야 하고 언젠가는
> 오줌이 돼 악취를 풍겨야 한다는 거야. 누군가
> 는. 언젠가는.

나는 '누군가는'과 '언젠가는'의 의미보다 발음 자체에서 오는 진동과
운율에 몰두하며 말들을 흐르게 하듯 반복한다. 손가락 등의 섬세한
움직임이 따라붙는다. 그것이 차츰 이어져 피아노로 연주되는 음악이
된다. 그러면 나는 자신의 몫을 음악에 넘긴 듯 다음 대사와 그 의미
에 다시 집중할 수 있다.

> 나 물의 운명이란 그런 것. 그러니까 물에게 '너'는
> '지난 나'나 '다음 나'와 똑같은 의미. 그러니까
> 우리는 농담으로만 질투를 한다. 우리에게 질투
> 는 농담이고, 그러니까 나에게도 실망은 없어.

게다가 웅덩이 정도면 나쁘지 않잖아? (사이) 지난 생에는 눈물이었다.

음악이 바뀌고 나는 옆 공간으로 이동한다. 경계를 지나는 순간 나의 몸이 한 점으로 모이듯 수축한다.

  나   기억나, 메이? 내가 너의 눈물이던 날.

나, 작은 눈물방울로서의 움직임을 시작한다. 천천히 움직이며 대사한다.

  나   워낙에 자주 우는 너라서 탄생이 하나도 안 힘들었다. 너는 어땠을까?

연주가 봄의 음악으로 전환된다.

  나   기억나, 메이? 계절은 봄이었고 아름다운 것은 귀찮을 정도로 많았지. 늦은 저녁이었어. 노을이 가장 예쁜 꽃잎들을 재료로 시름을 발명해내는 헛수고에 푹 빠져 도무지 집으로 돌아갈 기미가 안 보였거든. 내일이 오지 않을 것 같았어.

너의 생일이. (사이) 너는 막 서른을 넘겼고 그건 대리나 주임이 되기 괜찮은 나이였지. 가장 예쁜 사람들을 재료로 하나의 가족을 발명해낼 수도 있었다. 승진이나 결혼 따위의 예정일들이 메이 네 주변 사람들의 달력에 붉게 동그라미 쳐 있었어. 너는 영영 갖지 못할 작고 붉은 지구들. 원하지 않으면 놓치지 않을 줄 알았는데 쥐지 않고도 빼앗기고 있던, 네 몫의 구슬들.

빠른 걸음으로 사라지는 메이. 기억 속 그 움직임을 몸으로 재현해볼 수는 없는 나. 잠깐 메이처럼 일어서 한 걸음 떼려다 실패하고 도로 한 방울의 몸으로 수축한다. 메이가 간 쪽을 바라본다.

나   태어나자마자 메이 발밑으로 굴러떨어진 나. 메이에 관해서는 그걸로 다.

나, 멀어지는 메이의 뒷모습을 되도록 오래 바라보려 몸을 길쭉하게 늘여보지만, 곧 작고 동그란 모양으로 되돌아간다. 이내 절망도 체념도 없이 담담히 노래를 흥얼거리며 좁은 틈을 따라가듯 온몸으로 천천히 긴다. 노랫소리 점점 더 작아진다.

나　　(노래한다)

　　　　작은 모래 알

　　　　작은 몸의 안

　　　　조그만 조각

　　　　가지고 가고

　　　　다른 모래 알

　　　　남은 몸의 안

　　　　조그만 조각

　　　　가지고 가고

반복하다가

나　　어쩌면 가장 좋은 눈물은 가장 작은 눈물일지도.

무언가에 기대 잠든다.

2장

음악과 함께 공간 전체의 에너지가 순간적으로 차오른다. 나는 강물 영역 안으로 뛰어 들어간다. 분위기 깊은 강물 속으로 바뀌어 나를 둘러싼 모든 것이 충만하고 묵직하다.

> 나　첨벙 소리가 났어!

1장에서 붙들고 잠든 물체에 매달려 허우적거린다.

> 나　누가 이 돌멩이를 강으로 던진 거야.

먼 곳을 바라보고 거기서 오는 모든 자극을 감지하며

> 나　오리를 향해 던진 거야. 하지만 왜?

나의 주위를 그림자나 프리즘 등으로 만든 물방울들이 둘러싼다. 그들과 접촉하며 나의 몸이 조금 커진다.

> 나　빗방울들이구나. 내가 잠든 사이 비가 내렸구

나. 너희도 누군가 여기로 던졌니? 저 멀고 높은 곳에서 무엇을 향해?

나, 그들의 말을 듣는다. 그러나 이해하지 못한다.

나   그래, 이제 와 중요하지 않은 문제야. 어서 이리 와 크기를 나눠 주기나 해. 친구여, 따뜻한 동물들이 온기를 나누듯이 서로서로. 그래, 그래. (멈칫한다) 그러나 너무 많은 즐거움을 부어주지는 말아주라. 나는 눈물이니까. (사이) 마음껏 커져도 될까? 내가 커지면 커지는 만큼 어딘가에서 네 슬픔도 그만큼 커져버릴 것 같아서, 속상해서, 나는 탁해졌고, 탁해진 채로, 가장 밑바닥까지…….

나   (노래한다)
작은 모래 알
작은 몸의 안
조그만 조각
가지고 가오

다른 모래 알

남은 몸의 안

조그만 조각

가지고 가오

나, 낮고 느리게 반복하려는데 경쾌하고 세찬 '동화의 노래'가 피아노 연주자로부터 밀려든다. 이어지는 나와 강물의 대화에서 강물의 대사는 모두 피아노 연주로 처리한다. 나만 그 내용을 알아듣는 것으로 가정한다.

강물   (연주한다)

나   네 안으로, 들어오라고?

강물   (연주한다)

나   "나와 합쳐져 나와 함께 내가 되자……." 나더러 강이 되라는 거야?

강물   (연주한다)

나   (정확히 들리지 않는 듯이) 강이 되, 되라, (중간중간 연주가 끼어든다) 되다? 강이 돼가는 거라고? 아아! 강이 '되자'는 거라고! 이해했어. (사이) 그래, 보여. 모두 기뻐서 춤출 준비를 하잖아. '동화의 춤'을. (사이) 그래, 알아. 춤은 기쁜 움직임이고, 큰 물이 되는 건 작은 물의 기쁨이지.

강물 (연주한다)

나 작은 물.

강물 (연주한다)

나 나.

강물 (연주한다)

나 큰 물.

강물 (앞의 대답들과 확실히 구분되는 대단히 꾸밈이 많은 화려한 연주)

나 그래, 그게 너.

강물 (설득하듯 차분한 연주)

나 작은 물은 기쁠 수 없다. 그래, 난 그래.

강물 (화려한 연주의 변주)

나 그래, 그래. 물론 큰 물이 된다면—

강물 (완전한 삼도 화음)

나 (생각하다) 기쁘지…… 않을 거야. 여전히 기쁘지 않을 거야. 원하지 않아.

강물, 우격다짐으로 동화의 춤에 돌입하는데 이는 '동화의 노래'가 강하고 빠르게 연주되는 것으로 시작된다. 나는 어쩔 수 없이 춤을 추기 시작한다. 점차 규칙성을 획득하는 회전들. 그러나 결정적인 순간마다 나의 움직임이 헝클어진다.

> 나   나는 메이의 눈물! 누구의 것도 아닌 강물이 될
> 수는 없어!

이제 나는 춤을 완전히 멈추려 노력하지만 그것은 이미 그럴 수 있는
시점을 지난 것처럼 보인다. 나는 다시 동화의 춤에 포함된다. 그것이
마무리되려는 순간, 갑자기 내부의 이상한 정동으로 말미암은 돌연한
움직임이 발생한다. 나는 혼자서 느리고 작은 움직임을 보이다 똑바
로 일어서 다음 공간으로 이동한다.

3장

오리의 배 속. 나는 자리를 잡고 앉아 주위를 둘러본다. 매달린 오브
제를 유심히 본다.

> 나   (손을 뻗으며) 심장소리. 숨소리. 발소리. 노랫소
> 리. 울음소리. 다시 노랫소리.

줄을 잡아당겨 떨어뜨리고 오브제를 끌어당긴다.

> **나**   강물이 되지 않으려고 도망쳐 들어온 곳이 오리
> 의 배 속이라니. 나는 메이의 눈물. 오리가 될
> 수는 없어. 메이의 눈물로 태어났으니 메이의
> 눈물로 살고 싶어. 메이의 눈물로 살다가 메이
> 의 눈물로 죽고 싶어. 그럼 그다음엔 어떻게 할
> 거냐고?

오브제의 형태를 둥글게 뭉치며 그것에게 이야기한다.

> **나**   모르는구나. 그다음 나는 내가 아니야. 우리 물
> 에게 이다음 나와 이전의 나는, 너란다.

뭉친 것을 알로 상정해 안고 일어선다.

> **나**   참 예쁜 알이다. 커다랗고 딱딱한 물방울 같아.
> 아름다운 알이야. 좋은 알.

나, 천천히 알과 듀엣을 추기 시작한다. 오브제를 펼쳐 몸의 일부를
덮기도 하고 말거나 꼬는 등 형태가 고정되지 않은 대상과 자유로이

사랑의 춤을 추듯 움직인다.

> **나**　너를 사랑해. 너와 함께 네가 되고 싶어. 하지만
> 괜찮을까? 아기 오리에게도 눈물이 필요할까?
> 아기 오리한테도 눈물이 있어야 할까?

하나되며 춤 마무리.

4장

다시 1장의 웅덩이 공간으로 돌아와 처음처럼 눕는다.

> **나**　마지막으로 기억나는 건 알 바깥으로 나오던 순
> 간이야. 내가 만든 아기 오리는 태어나지 못한
> 채로도 죽었어. 몸이 채 단단해지기 전에 껍데
> 기가 깨져버려서 땅에 스며들어버렸거든.

새끼 오리 '비비'가 등장한다. 비비는 간단한 소품이나 손동작으로 표
현한다. 대화는 강물의 경우와 마찬가지로 대사를 피아노 연주로 들

려주고 내용을 내가 들어 전달한다.

나 미안. 아기 오리에게 이런 얘기는 좀 무서우려
나?

비비 (용맹하게 연주한다)

나 그래그래, 용감한 아기 오리. 하지만 왜 그런 일
이 일어났을까? 껍데기는 이미 한참 전부터 단
단해져 있었는데.

비비 (연주한다)

나 응. 기억이 안 나. 거기서부터는 꼭 끊어진 것처럼.

비비 (연주한다)

나 생각해보면, 안 나는 기억보다 나는 기억이 더
이상한 기억이지. 보통 물들은 전생을 기억 못
해. 물에게 있어 죽음은 망각과 같은 말이니까.
기억한다면 그건 전생이 아닌 거야.

비비 (날아다니며 앉은 자리를 바꾼다. 연주한다)

나 잊지 않아도 잊히는 기억이 있다?

비비 (날아다니며 앉은 자리를 바꾼다. 연주한다)

나 잊히지 않아도 잊는 기억이 있고? 그게 무슨 뜻
이야?

비비 (거창하고 흐름이 있는 역사적인 분위기의 선율을 연주

　　　　한다)

나　　아. 몰라?

비비　(하나의 음)

나　　다만 언젠가 엄마가 그렇게 말해준 적이 있다고.

비비, 날아간다.

나　　그렇게 말하더라고. 그 아기 오리가.

조명 밝아진다. 나는 씩씩하게 큰 움직임을 시도해본다. 노력하지만
몸이 무거워 잘되지 않는다. 차차 한계를 느끼고 답답해한다.

나　　낯설고 부끄러운 느낌. 나는 여전히 메이 네 눈
　　　　물인데, 이제는 웅덩이만큼 커다래져버렸구나.

나, 뾰족하고 집중적으로 움직여보려 노력한다.

나　　분명 더 세게 움직일 수 있었는데! (움직인다) 강
　　　　물 속 동화의 춤에서 빠져나오던 날, 몸 전체를
　　　　아래로 내리꽂듯이 확, 또는 푹! 나를 잡아당겨
　　　　꺼낼 수 있었다고.

나, 호흡을 정리하고 여러 움직임을 시도한다.

> **나** 어떤 힘에 끌려간다는 느낌이었는데, 그 힘은 내 힘이었어. 내 안에 있는 나의 힘.

나, 잠시 쉬려 멈춘다. 휘파람과 손동작으로 '바람'의 등장을 표현한다. 바람의 대사는 앞의 강물, 비비와 마찬가지로 연주를 통해 전달한다. 이때 '온'을 가리키는 화음을 미리 정해두고 대사에 '온'이 등장할 때마다 그를 연주해 규칙을 형성한다. 온을 가리키는 화음은 연기자가 온이라고 발화할 때의 소리와 비슷하게 맞춘 음으로 설정한다.

바람 ('온'을 연주한다)

나 (공명하듯) 온—

바람 (온으로 시작되는 연주. 온으로 끝낸다)

나 온— 이라고. 내가 궁금해하는 힘이. 이따금 일어나는 비정상적인 움직임의 근원. 물의 중심을 이루는 작은 구슬. 온—

바람 (연주한다)

나 작은 물도 큰 물도 가지고 있는, 물의 기억과 감정이 모여 뭉친 구슬. 온— 하지만 내 기억에는 사라진 부분이 있어.

바람   (연주한다)

나   그래, 맞아. 물에게 있어 잊는다는 건 잃는다는 것. 온의 한 조각을 잃어버린 거야. 버린 거야, 내가. 한 방울의 내가.

연주자는 기다리거나 단순한 멜로디를 연주하고 있다가 내가 '온―' 이라고 말할 때마다 타이밍을 맞추어 온 화음을 연주한다.

나   깨진 온―은 녹기도 더 쉬우니, 동화에는 더 유리하겠지. 큰 물과 작은 물이 동화의 춤을 끝까지 함께 추면 더 작은 쪽 온―이 녹아 사라지고, 하나의 물에는 하나의 온― 그래 그게 물의 규칙이니까. 하지만 내가 그 어떤 커다란 물에게도 동화되지 않을 거라면? 끝까지 내 온―을 지킬 거라면?

바람   (짧지 않은 연주)

나   나도 알아. 죽음을 두려워하는 물은 없어. 물에게 너라는 말은 지난 나 혹은 다음 나라는 말과 똑같은 의미. 하지만 나는 두려운 게 아냐. 그리운 거야. 메이를 한 번만 더 보고 싶을 뿐이야.

바람 날아가고 비비가 날아온다.

나   용감한 아기 오리도 그리움은 느끼지? 바람은
      이기심이라고 하더라.

비비   ?

나   내 마음 말이야. 바람이 그러더라고.

비비   (연주한다)

나   글쎄, 꽤 오래 안 올 것 같아. 나한테 실망했을
      테니까. 그래도 네가 어른이 되면 너를 보러 오
      지 않을까. 바람의 그리움은 이기심이 아니니까.

비비의 목소리를 대신하던 연주가 이어지다 성숙하고 풍부한 결로 변
화한다. 시간의 흐름이 표현된다.

나   내 아기 오리. 이제 더는 아기가 아니구나. 너를
      '비비'라고 불러야겠어. 그 이름을 '아기' 대신
      으로 삼아 계속 너를 귀여워할 수 있도록.

비비   (연주한다)

나   그런 네가 이제는 네 아기를 낳는다고.

비비   (연주한다)

나   ……배가 고프구나. 내 얕은 몸에 자라는 것들

로는 오리 한 마리를 먹이기에도 모자란데 이제 두 마리를 먹이게 생겼으니 둘 다 배가 고플 거야. 이를 어쩌지?

비비, 이리저리 날아다니다 고통스러운 몸부림. 잠자코 그 움직임을 만들어내던 나는 어느 시점에 더 이어가지 못하고 손을 풀어버린다.

나　비비는 자기가 낳은 첫 번째 알을 깨트렸어. 그리고 나온 걸 쪼아 먹었지. 이윽고 더 건강한 두 번째 알이 나왔어. 그러자 나는 갑자기 알았지. 저와 같은 일이 오래전 비비와 내게도 일어났구나. 기억이 났어. 내 일부를 먹고 비비를 낳던 비비의 어미.

손으로 다시 어른 오리의 모양을 만든다. 비비와 똑같이 생겼지만 비비가 아니라 비비의 어미다.

나　잊지 않아도 잊히는 기억이 있다고 했죠. 잊히지 않아도 잊는 기억이 있다고 했고요. 비비가 당신에 대해 말한 적 있어요. 이제 나도 그 말의 의미를 알아요. 잊지 않으면 살 수 없는 기억이 있다는 뜻이죠. 계속 살기 위해 전생처럼 끊어내야 할 과거가 있다는 뜻이고요. (사이) 나는 내가 잃어버린 조각을 우연히 되찾은 게 아니에요. 그건 상처의 딱지처럼 아팠던 흔적이 엉겨 붙어 저절로 만들어졌어요.

혼란 같은 음악.

5장

혼돈을 더하는 빛과 음악.

나   내가 앓는 동안 비가 왔고, 내가 자는 동안 강이 자랐어. 메이, 기억나? 저 강 말야. 잠잠한 강이었지, 네가 울 때에. 하지만…….

음악이 더욱 거칠어진다. 음악은 계속 흐르고 나는 그 안에서 강물의 대답을 발견하는 식으로 대화 나눈다.

나   점점 불어나는 강. 이제 곧 이쪽으로 넘쳐 올 거
        야. 나는 버틸 거고.

강물   (연주한다)

나   그래, 맞아. 나는 그때 그 물방울이야. 동화의
        춤에서 도망쳐버렸던.

강물   (연주한다)

강   그런 거 아니야. 네가 흙탕물이든 똥물이든 더
        럽지 않아! 기억을 잃는 게 싫을 뿐이야.

강   (연주한다)

나   (중간에 끊고) 알아! 안다고! 죽음을 두려워하는
        물은 없어. 물에게 너라는 말은 지난 나 혹은 다
        음 나와 같은 말인 거 알아! 하지만 나는 두려운
        게 아니라 그리운 거야. 이 생에서 다시 만나야
        할 사람이 있어.

강   (연주한다)

나   (강에게서 무언가를 건네받는다) 이게 뭔데?

그것으로 온몸을 감싼다.

나   농사에 쓰는 비닐. 그렇게 말하더라고. 그 강물
        이. 좀 더러울 수는 있어도 찢어진 곳은 없어서

몸을 넣고 잘 여미면 섞이지 않을 수 있다고. 그
러니까 너의 온을 지킬 수 있을 거야. 그렇게 말
하더라고. 그 강물이.

나, 준비가 되면 웅크리는 동작을 취한다. 곧 강물이 나를 덮치는 콸
콸 소리를 연상케 하는 연주가 시작된다.

    나   바다에 도착한 걸 어떻게 알 수 있지?

강의 노래가 잦아든다.

    나   비닐에 구멍이 났어.

바다의 노래가 시작된다. 직선으로 흐르는 강의 노래와 달리 들이쳤다
빨려 들어가듯 되돌아가는 파도를 모티브로 한다. 나, 비닐을 놓는다.

    나   바다는 춤을 멈추지 않는 물. 까마득히 오래전
            시작된 춤이 끝없이 추어지고. 물이 아닌 것들
            마저 동화되느라 찰나마다 죽음과 탄생이 교차
            하네, 한없이—

나는 동화의 춤을 시작한다. 춤이 차차 절정을 향해 간다. 나의 온이 빛, 소품 등으로 구체화된다.

> **나**　여기 있었구나. 나의 온. 물의 구슬. 사라지지
> 않으려는 힘. 움직이려는 힘. 기억하려는 힘. 그
> 럼 어서, 다시 기억해. 움직여. 사라지지 마.

나, 곧 온이 몸 안에서 발버둥 치며 자신을 이쪽저쪽으로 끌어당기는 것이 느껴진다. 그러나 그 힘은 너무 미약하게만 느껴진다.

> **나**　바다는 정말로 강한 물이구나. 정말로 커다란
> 물이구나.

나, 울먹이며 온을 꽉 움켜쥔다. 물에 빠진 설탕 친구를 붙들 듯 애처롭다. 파도가 더욱 거세지며 사나운 괴물처럼 나를 학대한다. 나는 무참히 내던져지고 고통을 당하지만 그럴수록 온을 더욱 꽉 끌어안는다.

> **나**　나도 내가 왜 이렇게까지 하는지 모르겠어!

나, 이상함을 감지하고 품 안의 온을 들여다본다.

나   뭐지? 조금도 녹지 않았잖아.

저 멀리서 심상치 않은 포효.

나   그러니까, 메이 내 온이 아니라 바다의 온이 녹
        아내리고 있었어. 내가 바다가 되는 게 아니라
        바다가 내가 되고 있었던 거야! 바다가 내게 동
        화되고 있었던 거라고!

몸의 통제를 되찾는다.

나   이상한 일이었지. 희고 커다란 바다의 온이 작
        아질수록 나는 점차 넓어지고 깊어졌으니까. 지
        금껏 알지 못한 것, 기억하지 못한 것, 상상하지
        못한 것 들이 한꺼번에 몰려왔어. 그리움도! 마
        찬가지고.

음악에 맞추어 나는 광기를 띤다.

나   너에 대한 그리움은 더 이상 한 방울의 마음이
        나 한 웅덩이의 마음이 아니었어. 바다 그 자체

였지. 세계의 절반, 그 이상! 그것을 참는 게 과연 가능한 일인가? 게다가 확장되기는 감각도 마찬가지였어. 이제 나는 여기서도, 그러니까 아주아주 멀리서도 너의 냄새를 맡을 수 있었고. 너의 소리를 들을 수 있었고.

달려간다.

나 메이! 메이! 내가 너에게 갈게! 사람들이 도망치고 바람이 달려왔어. 사람들은 왜 도망치는 거지? 이렇게 금세 붙잡혀 넘어지거나 다 젖어버릴 거면서. 너, 도대체 왜 그러는 거냐고 바람이 물었고 정말 몰라서 물어? 나는 되물었어. 메이에게 가야지. 메이한테. 지금 넌 바다야, 바람이 그랬어. 여전히 나는 메이의 눈물이야. 내가 말했지. 그리고 이제 메이의 눈물은 해일을 일으킬 거야. 내가 예언했어. 내가 그렇게 만들 거였어. 내가 해낼 거였어. 메이 너를 위해서.

나, 광기에 잠식된 듯 격렬한 움직임.

나   사람들이 도망치고 건물이 무너졌어. 죽었어.
     누군가. 또 다른 누군가들도 죽었을 거야. 내가
     죽였을 테니까. 그만 멈추려는데 몸이 말을 안
     들어. 내가 나를 통제할 수가 없어. 내가 너무
     컸어. 너무 강했어. 그에 비해 나는 너무 약하고
     무능력했어. (사이) 그래, 이게 네가 원하던 거
     야? 바람이 물었어. 나는 대답할 수도 없었어.
     한참 만에야 말하는 방법을 떠올려냈어. 제발!
     도와줘. 부탁이야! 뭐라도 해줘. 나를 멈춰줘!

음악이 멈춘다. 위태로운 이에게는 손을 대는 게 아니라 떼는 게 공격
이듯 바람의 이 갑작스러운 침묵은 치명적인 총격처럼 연출되고 나는
쓰러져 운다. 울음이 멎으면 바닥에 누워 있던 내가 천천히 몸을 일으
켜 천천히 계단을 올라 이 층으로 간다.

6장

평화로운 조도.

나는 바닥에 누워 쉰다. 이어지는 모든 대사와 움직임이 매우 느린 속

도로 진행된다.

　나　　내 그리움이 누군가를 죽인다면

　　　　그건 나일 거라고 생각했는데

　　　　아니었어.

　　　　바람이

　　　　내 가슴에서

　　　　내 온을 꺼내서

　　　　난 무게를 잃었지.

　　　　오래 쉬면서

　　　　나는 생각했어.

　　　　무슨 생각?

　　　　아무 생각.

　　　　아무 생각을

　　　　안 했어.

　　　　없었어, 생각.

　　　　없더라고.

　　　　나한테.

　　　　없더라고.

　　　　(사이)

　　　　그럼 뭐가 있나.

추위.

춥더라고.

겨울이 오고 있어서 그래.

바람이 그러더라고.

오.

내가 그랬어.

오지 말지.

바람은 그냥

봐, 구름도 묵직해졌잖아.

그랬는데

바람이 보랬는데

안 봤어, 난.

자야 되니까.

자다가 일어난다.

나   깼어.

      추웠으니까.

      둘러보니까

      가엾기도 하지?

      온이 없는 물들이

아기처럼 조그매진 얼굴로

서로서로

몸을 기대어

차가운 잠을 자고 있네.

이들의 온은 모두 어디 있는 걸까?

바람이

가져갔다면

멀리 숨기지는

못했을 텐데.

왜냐하면

바람은

바—

바람

바람이

보랬는데……

바라,

바람은

음—

바—

보.

나, 실없이 웃는다. 다시 끔벅끔벅 잠에 빠져든다. 다시 눈을 뜬다. 이번에는 조금 더 명징해진 눈빛으로 몸을 약간 일으켜 아래를 내려다본다.

나   익숙한 소리가 들렸어.
      꽥꽥 소리가
      꽥꽥
      꽥.
      (듣는다)
      내가 알기로 이렇게 우는 오리는
      세상에 단 세 마리.
      비비,
      비비의 엄마,
      비비의 아기.
      울음을 물려주니까.
      오리들은.

나, 잠시 기대에 부풀어 눈을 애써 부릅뜨고 지상을 내려다본다.

나   비비의 아기였어.
      무서워하면서 날아가느라

팩팩거리는 거였는데.

사람 하나가, 왜.

이런 날씨에

이런 시간에

이런 깊은 산속까지 찾아왔는지

도무지 모르겠다는 얼굴로

팩팩거리는 거였는데

나는 생각했어.

혹시 내가 알 수도 있어.

그러면

알려줄 수 있어.

나, 거의 완전히 잠에서 깬 차분하고 흥미로운 얼굴로 아래를 내려다

본다.

　　　나　　한 여자가 조용히

　　　　　붉은 끈을 들고

　　　　　산을 오르고 있었어.

　　　　　여자의 표정이 밤보다도 어두웠기 때문에

　　　　　나는 그 얼굴을 가만히 들여다봤어.

　　　　　메이.

너의 얼굴을.

나, 불안한 기색이 역력해진다.

나   네가 하려는 일을 알 수 있었어. 너는 끈을 나무에 묶고 싶었던 거야, 그렇지. 너는 끈으로 고리를 만들고 싶었던 거야, 그렇지. 그 고리에 너를 매달고 싶었던 거야, 그렇지. 너는 죽고 싶었던 거야, 그렇지. (사이) 가벼운 물로서, 물 중 가장 무력한 물로서 혼자 구름의 경계를 벗어나 너를 향해 하강하기란 불가능에 가까웠어. (주변을 둘러보며) 내 온이 필요해! 내 메이에게 가야 해. 내 부탁이야. 말해줘. 우리가 빼앗긴 온은 모두 어디에 있어?

음악이 들리기 시작한다. 수증기들이 가리키는 방향을 눈으로 좇다 가장 위를 올려다본다.

나   까마득히 높고 먼
      반짝이는 빛.
      언젠가 빗방울들이 말해준 적 있지.

구름의 꼭대기에 대해.

사다리를 오르는 듯한 움직임을 시작한다.

> **나** 미안하지만 달리 딛거나 짚을 곳이 없었으니까,
> 나는 다른 물방울들을 밟고 오르기 시작했어.
> 한 발 디딜 때마다 내 아래서 아얏! 뭐야! 하는
> 소리가 들려왔지만 그때그때 사과를 건넬 시간
> 따위……. 나를 향해 웅성대는 소리가 뒤편에서
> 커져도 그냥…… 음악이라고, 치자!

웅성거리는 분위기의 음악이 연주된다.

> **나** 흰빛으로 눈이 부셔 더 갈 수 없는 곳에 이르면,
> 여기가 온의 자리. (돌아본다) 온들의 자리.

나, 온을 관객에게 하나씩 건네준다.

> **나** 뒤를 돌아보니 수십만 개의 물방울이 보였어.
> 잠에서 깬 물방울이 나를 따라 올라오며 다른
> 물방울의 잠을 깨우고, 그 물방울이 다시 우리

를 따라 올라오며 다른 물방울의 잠을 깨우고. 구름 안에서 잠을 자던 모든 물방울들이 깨어나 이곳에 모인 거야. 온들이 우리를 알아봤어. 온들이 우리를 불렀어. 노래처럼 불렀어. 그건 온들이 빛나기 시작했다는 말과 똑같은 의미.

바람을 표현하는 손동작, 동화의 춤을 변주한 춤동작.

나 뒤늦게 사태를 파악한 바람이 다가왔지만 눈송이는 너무 가벼워 붙들 수 없지. 다가오면 더 멀리까지 날아갈 수 있어. 하얀 침묵으로 환호성을 지르며 함께……. 구름이 메이 너를 위해 산산조각 나고 있었어.

7장

나, 온을 든 관객들과 함께 계단을 내려가며 대사한다.

나 한 방울의 내가

너에게 가고 있어. 안녕― 작고 흰 낙하산을 타고 내려오는 작고 흰 눈사람처럼, 너는 나를 발견하지 못하는구나. 다만 들고 있던 붉은 끈을 나뭇가지에 묶을 뿐. 고리를 만드는 손이 침착해서, 곧 너의 붉은 동그라미가 네 눈앞에 놓여. 나는 숨을 죽이고 다가가. 네가 하려고 하는 일을 나도 알아.

한 방울의 내가

지은 이야기들로 이 한 방울의 몸이 가득 차. 그 안에서 너는 때 이른 폭설을 이기지 못한 나뭇가지가 부러지는 바람에 살아나기도 하고, 눈 때문에 제때 발견되지 않아 다음 계절까지 거기 그렇게 남기도 해.

한 방울의 내가

생각을 하고 있어. 모두 이미 이루어진 일들이라고. 눈송이처럼 많은 우주 하나하나마다 다른 결말을 가진 네가 있다고. 그러니까 태어나지 못한 채로도 죽었던 알처럼, 살아남은 채로도 죽을 수 있고, 죽은 채로도 어딘가에서 살게 될지 모른다고. 너……. 그리고 그 가능성들에 대해 이제 나의 선호는 전혀 없다고. 메이, 그러니까 상관없어. 죽은 너를 향해서든 산 너를 향해서든 상관없어. 나는 너를 향해 하강하는 거야.

한 방울의 내가

수렴하는 바다
얼어붙는 현재
내리는 가능성들과
증발하는 생

한 방울의 내가

끓는 고백
흐르는 기억
고이는 추억
흩어지는 과거

한 방울의 내가

가라앉는 결정

떠오르는 진심

터지는 물음

한 방울의 내가

흡수되는 고통

쏟아지는 약속

솟구치는 허기

젖어드는 한숨

밀려드는 비밀

쓸려가는 대화

굽이치는 피로

갈라지는 예감

파고드는 용서

쓰다듬는 절망

한 방울의 내가

맺히는 대답
톡톡
소리를 내며 튀어 오르는
결말
비로소 잠기는 이해
깊이 소용돌이치는
우리.

나는 메이의 눈물
눈물은 메이의 나.

나, 메이의 눈동자를 끌어안는다.

나　나는 메이의 눈동자를 끌어안았다.

막

수록 작품 발표 지면

라즈베리 부루

웹진 비유 2022년 1월호

돔발의 매듭

웹진 민미 2022년 여름호

~~물결치는~몸~떠다니는~혼~~

『악스트』 2024년 5/6월호

연필 샌드위치

『자음과모음』 2022년 가을호

한 방울의 내가

『릿터』 2022년 9/10월호

청룡이 나르샤

『문학동네』 2023년 겨울호

옥구슬 민나

『림』 2024년 봄호

모래 위의 H

『문학동네』 2023년 가을호

희곡 '한 방울의 내가'

2024년 5월 연극, AMC 제공

* 뒤표지 문안은 『문학동네』 2023년 가을호, 「기생孟生의 사랑 ― 현호정론」에서 발췌했습니다.

한 방울의 내가

2025년 1월 31일 1판 1쇄

지은이   현호정
편집   장슬기 윤설희 최경후 이여름
디자인   박다애
제작   박홍기
마케팅   김수진 강효원 백다희
홍보   조민희
인쇄   천일문화사
제책   J&D바인텍

펴낸이   강맑실
펴낸곳   (주)사계절출판사
등록   제406-2003-034호
주소   (우)10881 경기도 파주시 회동길 252
전화   031)955-8588, 8558
전송   마케팅부 031)955-8595 편집부 031)955-8596
홈페이지   www.sakyejul.net
전자우편   literature@sakyejul.com
블로그   blog.naver.com/skjmail
트위터   twitter.com/sakyejul
인스타그램 instagram.com/sakyejul
페이스북   facebook.com/sakyejul

© 현호정 2025

ISBN 979-11-6981-342-6 03810